Le LIVRE des RÊVES

Éditions Kiwi romans
16, rue de Lancry, 75010 Paris

Directeur : Édouard Frison-Roche
Directrice littéraire : Katia Kaloun
Édition : Axelle Quéré, assistée par Anthéa Krebs
Création graphique et mise en pages : Charlotte Thomas

ISBN : 978-2-492534-20-1

Joséphine
Vaillant

Le LIVRE des RÊVES

kiwi
romans

À celles et ceux qui cherchent leur voie.

À celles et ceux qui sont en chemin.

Et si Morphée te portait secrètement conseil ?

Extrait du *Livre des Rêves*
d'Éloïse Forestel

Prologue

Woodstock, État de New York,

vendredi 19 mars 2021

Cette histoire commence il y a quelques années, à New York, un jour d'hiver au cours duquel la neige pointait le bout de son nez. Je m'en souviens comme si c'était hier, car elle m'a laissé un goût d'inexplicable dans la bouche. Je crois que c'est au cours de cette journée, pourtant comme toutes les autres, que ma vie a commencé à basculer. Même si, sur le moment, je ne m'en suis pas rendu compte, un changement occulte s'est produit. Sur le moment, j'ai juste suivi mon intuition et les signes que je percevais intimement.

Cette journée marque le début du voyage, là où la réalité rencontre le rêve, là où le conscient rencontre l'inconscient, là où le logique rencontre le magique, là où le temps se mélange. Il m'a emmenée à la frontière de l'impossible pour explorer cette part de moi-même qui m'échappait.

Je vous écris depuis la fin du voyage, d'où j'ai une bien meilleure vision qu'alors. Comme tout est plus facile, quand le temps est altéré et que l'on raconte le passé depuis le futur… Mais, malgré ces nouvelles évidences, je vais essayer de vous conter ces événements dans l'ordre, avec autant de justesse que possible. Puisque le but de l'histoire, c'est ça : vous emmener dans ce voyage introspectif, vous faire entendre ces intuitions, vous faire goûter à l'inexplicable, vous faire franchir la barrière du temps, mouiller vos joues, sentir la jolie joie et vibrer le petit bout d'âme.

Partie I

LE VIDE

Mon point de départ est là, quelque part dans le vide.

Il était à peine sept heures du matin quand je me réveillai, et j'avais déjà ce trou béant dans le corps. Il me pesait, comme une enclume qui m'empêcherait de bouger. Il me clouait au lit comme l'ancre d'un paquebot le fixerait au sol avec sa centaine de mètres de chaîne enfouie dans les fonds marins. J'essayai de la lever, mais rien n'y faisait, je n'avais pas assez de force. Je restai encore un moment là, gisant sous les couvertures, mon corps lourd figé dans l'espace-temps.

Je ne savais pas quand le vide était apparu pour la première fois ; au début, je ne le sentais presque pas. Puis il s'était alourdi, comme l'air s'épaissit à l'approche d'un nuage noir chargé de tonnerre. C'était une ombre qui suivait mes pas, à l'affût de mes moindres mouvements, prête à bondir, à en finir.

Je regardai le ciel : il était gris. Il allait se mettre à pleurer, c'était sûr. J'allumai la petite lampe de chevet pour pallier le manque de lumière. La pièce s'illumina de douceur, mais cela n'apaisait rien en moi.

J'étais seule, mais même lorsque je ne l'étais pas, le sentiment de solitude venait me hanter. Il me faisait me demander comment j'en étais arrivée là, pourquoi je me sentais si trouée de l'intérieur, si lourde, si inutile, pourquoi j'avais l'impression d'être une passoire qui n'arrivait jamais à se remplir. N'avais-je pas tout pour être heureuse ?

Parfois, le vide s'en allait pour quelque temps. Mais souvent, il me paralysait pendant des jours, parfois des mois. Ce jour-là était un jour de grand vide.

J'étais au bord du précipice – j'avais le vertige.

Chapitre 1. Sensation

New York,

mercredi 21 février 2018

La sensation me tiraillait le ventre depuis le réveil. Elle remontait le long de mon œsophage jusque dans ma gorge, puis restait bloquée là. J'aurais voulu la cracher, ou la vomir, mais elle ne voulait pas sortir. Mon cœur battait vite. J'avais du mal à respirer. J'aurais aimé ouvrir une fenêtre, mais au 22ᵉ étage de cette tour de Midtown, c'était comme vouloir méditer en plein Time Square, mission impossible, à moins d'être une magicienne ou un moine bouddhiste, et je n'étais ni l'une ni l'autre.

Seize heures. J'avais 129 mails non lus et une quinzaine de tâches dans la liste du jour. J'étais formatée pour cela : lister-performer-rayer. Seulement, à chaque fois que je barrais une ligne de l'infatigable liste, une autre apparaissait comme par magie. Un cycle sans fin, vicieux. Lister-performer-rayer. Lister-performer-rayer.

La vie était devenue cet inventaire de tâches interminables qui, lorsque je les barrais, devaient me procurer ce sentiment puissant d'accomplissement. Ça avait fonctionné pour un temps. Petit à petit, tout cela m'avait semblé bien futile. De cette futilité était né le stress, de ce stress était née la détresse qui vivait dans mon corps.

Mon regard, attiré vers le bas de l'immeuble, se fixa sur la fourmilière qui grouillait. La septième avenue était en plein mouvement. Voitures, camionnettes, ambulances, vélos, vendeurs de hot dog, chiens, écureuils, rats et humains, des milliers d'humains qui se frayaient chaque jour un passage dans ce labyrinthe de hauts bâtiments qui ne menait nulle part. Mon pouls s'accéléra au rythme de cette jungle. Les singes s'accrochaient de liane en liane et me donnaient le tournis. Je fis un pas de recul, retournai m'asseoir devant l'écran et fermai les yeux un instant. Ma respiration était lourde, alors je la rythmai, calmement, jusqu'à ce qu'elle s'apaise.

Chapitre 2. Intuition

Le calme revint, mais la sensation dans mon ventre ne partait pas. Je gardai les yeux fermés. Les images de la nuit passée arrivaient en flash et formaient une boucle, comme une histoire sans fin et sans aucun sens : mon grand-père, les falaises de Wissant, une chouette blanche aux yeux perçants. Elles m'étaient apparues en rêve et, depuis, elles hantaient aussi mes journées. Mon grand-père, les falaises de Wissant, une chouette blanche aux yeux perçants, toujours cette même boucle. J'essayai encore de dénouer le sens de ces images, mais les larmes montèrent. Mon cœur me parlait dans une langue étrangère et je ne comprenais pas ce qu'il essayait de me dire.

Pour tout un tas de raisons, une montagne de travail qui me paraissait aussi haute que le Kilimandjaro, des soucis de visa et autres misères, je n'étais pas rentrée en France depuis plus d'un an. Je vivais depuis plusieurs années à New York, mais c'était la plus longue période que j'avais passée sans voir ma famille. Ils me manquaient, surtout mon grand-père. Peut-être n'était-ce que ça, un manque. Cependant, je n'arrivais pas à me débarrasser de l'idée qu'il y avait autre chose. « Rentre », résonnait un écho intérieur.

J'avais appelé ma mère ce matin, la veille et l'avant veille aussi. D'apparence, tout allait bien. Depuis mon arrivée à New York, j'avais délaissé les médias et leurs terribles nouvelles du monde, qui ne faisaient que m'alourdir, au profit des nouvelles familiales, qui m'importaient bien plus. Avec dévotion, ma mère s'occupait quotidiennement de mon grand-père, comme elle l'aurait fait pour un saint. Ils se ressemblaient beaucoup, ils avaient le même tempérament râleur et explosif, mais lorsqu'il s'agissait de venir en aide à un être sans défense, le syndrome du sauveur les transformait en de vaillants justiciers protégeant le monde au prix de leur vie. Il est certain que cet altruisme cachait de petites failles et, même si ma mère avait deux visages, dont l'un affichait une violente colère, on ne pouvait pas lui enlever la générosité naïve et sincère qui se logeait dans son cœur.

Dans un dernier effort pour me rassurer et effacer cette sensation désagréable, je l'appelai à nouveau.

– Éloïse ? Qu'est-ce qu'il se passe ?

La surprise pointait dans sa voix, son timbre était somnolent.

– Euh, rien pourquoi ? Je voulais juste prendre des nouvelles.

– Mais il est tard, quand même. Est-ce que tout va bien ? répéta-t-elle.

Elle me donnait l'occasion de m'exprimer, de dire que non, ça n'allait pas. J'avais toujours pensé que c'était le don des mamans, de savoir exactement quand ça n'allait pas. La mienne était particulièrement perspicace. J'hésitai un instant à lui parler de ce vide, de l'horaire 23 h 23 sur lequel je bloquais chaque soir depuis une semaine et de la boucle d'images qui se répétait dans ma tête, mais, en posant les yeux sur le mur de fenêtres sombres érigé devant moi, je pris conscience qu'il faisait nuit. Mon portable indiquait dix-neuf heures. Il était donc une heure du matin pour ma mère… Qu'avais-je fait de cette fin d'après-midi ? Je n'en avais aucune idée. Encore un rêve éveillé que je ne pouvais pas expliquer, comme si mon âme s'était envolée quelque part pour quelques heures en laissant mon corps sans vie. Ça lui arrivait fréquemment, ces derniers temps. Voyager la nuit ne lui suffisait plus, il fallait qu'elle ronge aussi mes journées.

– Désolée, Maman, je ne voulais pas te réveiller. Oui, oui, ça va. Dis-moi juste si tout va bien avec Papou ?

– Mais oui, enfin, pas moins bien que ce matin et pas plus mal que d'habitude.

Papou était sorti de l'hôpital quelques jours auparavant, il était maintenant en convalescence chez lui et, même si tout semblait être revenu à la normale, j'avais la forte impression que quelque chose était différent.

Je décidai de quitter le bureau et de rentrer à pied. Tant pis pour ma liste de tâches, le Kilimandjaro se transformerait bientôt en Everest, mais j'étais de toute manière incapable de fixer mes idées sur autre chose que cette sensation. Je chaussai mes bottes de neige, enfournai mes talons dans mon sac, m'affublai d'un gros bonnet à pompon et m'emmitouflai dans une énorme parka. Je fis un petit signe de la main aux derniers rescapés du bureau, comme une enfant qui salue ses camarades de classe, et un grand sourire sans les plis, un sourire vide et efforcé, à Clara, la réceptionniste.

Je m'introduisis dans un parc au niveau de Columbus Circle et décidai de faire quelques pas dans les allées, pour reprendre Park West ensuite. La neige était attendue, mais les attelages étaient quand même de sortie. J'aimais passer par le rendez-vous des chevaux, c'était l'une des rares parties de la ville qui me rappelait ce que j'avais aimé de l'enfance. Je m'approchai de l'un d'entre eux : de l'air chaud sortait de ses naseaux, créant deux petits nuages au contact du froid. Je posai ma tête contre la sienne pour un instant, fermai les yeux et inspirai. L'odeur de l'animal, mélangée à celle de la paille, du bois et du cuir, était réconfortante. J'avais l'impression d'être transportée dans les écuries des Crobois.

Je n'aimais pas les Crobois et je n'en avais pas de bons souvenirs, à part celui des chevaux. Ce n'était pas que j'aimais particulièrement monter à cheval, au contraire, j'étais pour cela le mouton noir de la famille. Ce qui me plaisait, c'était le contact avec l'animal, et avec les animaux de manière générale. J'inspirai à nouveau et me laissai guider vers mes souvenirs. J'étais appuyée contre le creux chaud de l'encolure de mon poney, Harry. J'avais sept ans et tout avait disparu pour quelques secondes, jusqu'à la sensation dans mon ventre. Le raclement de gorge du meneur me ramena à la réalité et tout refit surface.

Je remontai les rues le long de Central Park West en ruminant à nouveau mon état. Le vent glacial me brûlait les joues. Je frémissais, non pas à cause du vent, mais parce qu'au plus profond de moi, je savais. J'avais déjà ressenti cela, ce sentiment qui disait que quelque chose allait arriver. Je n'avais juste pas envie d'y croire, alors je luttais encore un peu, même si ça ne faisait qu'accentuer mon état.

Il s'était produit la même chose avant le cambriolage de mon appartement à Paris, la même chose aussi avant le décès de notre siamoise Marilyn Monroe, la même chose encore avant l'accident de 98 dans lequel on avait failli y rester, maman et moi. Les rares fois où je m'étais décidée à en parler, on m'avait répondu « tu te fais des idées », alors je n'en parlais plus, mais je savais, l'intuition avait parlé.

Chapitre 3. Solitude

J'avais rendez-vous à vingt et une heures au Public Hôtel, mais je n'avais envie de voir personne ce soir-là, comme tous les autres, d'ailleurs. J'annulai ce verre de convenance et restai seule. De toute façon, on voyait bien que le ciel avait mangé trop de coton blanc, qu'il allait bientôt le déverser sur la ville, ce qui me donnait une excuse pour ne pas sortir. J'aimais la solitude, elle était plus facile à endurer. On me prêtait souvent à tort une personnalité extravertie, mais en vérité, je me cachais. J'avais une certaine aisance en société, qui contribuait à créer ce mythe. Je devais avouer que j'aimais l'alimenter en fonction des personnes que j'avais en face de moi, mais il n'était que cela : un mythe.

Au bureau, j'avais entendu des rumeurs à mon égard qui ne pouvaient que me faire rire. Les commères du village m'attribuaient de nombreuses aventures avec des hommes en vogue, m'inventaient une vie sociale trépidante avec un trader de Wall Street et m'imaginaient arpenter, tous les soirs, les bars, restaurants, *rooftops* et clubs de la ville qui ne dort pas. En réalité, je ne supportais pas les relations d'artifice. Les conversations forcées m'ennuyaient et je restais bien souvent seule chez moi. Je vivais dans mon tout petit bocal, et je n'avais même pas un poisson rouge pour me tenir compagnie.

En arrivant devant le hall de mon immeuble, je vis un jeune homme assis en tailleur sur l'un des bancs qui jonchaient le parc, ce qui était une drôle d'idée par un temps pareil. Un jack russell vêtu d'une épaisse doudoune kaki se blottissait dans le creux de ses cuisses. Des rafales de vent du nord me brûlaient les joues et je me dis qu'ils devaient avoir tous les deux bien froid.

L'homme avait des yeux bleus, doux et bienveillants, qui me rappelaient ceux de M. Son regard rencontra le mien et s'y arrêta. J'eus un petit sursaut au cœur, comme s'il manquait sa course, imperceptible, mais qui en disait long sur mon attachement à celui que j'appelais M. En plongeant mon regard dans le sien, je ressentis une énergie très forte, proche de la perte d'un être cher, une profonde solitude, le vide. Je fus envahie par ce sentiment, comme si, moi-même, je me trouvais seule au monde. Souvent, je me sentais comme une éponge et le trop-plein d'émotions, même quand elles ne venaient pas de moi, faisait mécaniquement monter mes larmes. J'hésitai à lui adresser la parole par peur, sans savoir de quoi j'avais peur… Je ravalai l'émotion pour éviter l'inondation.

– Est-ce que ça va, Monsieur ?

Un joli sourire se dessina sur son visage ; pourtant, le vide me parvenait toujours. À présent, la barrière entre nous était tombée et je n'aurais su dire si ce vide était le mien ou le sien. L'homme ne me répondit pas tout de suite, comme s'il cherchait quoi dire.

– Oui, oui, dit-il à demi-mot, d'une voix tendre, mais brève.

Aimantée par ses yeux, je m'approchai un peu plus de lui. La petite tête du jack russell se redressa, il sortit de son âtre chaud et s'avança vers moi. Je caressai son poil dru au niveau du cou, et sa queue remua frénétiquement. Nos sourires s'élargirent en cœur. La tendresse des animaux était plus simple à recevoir. Je devinais qu'il ne voulait pas parler, mais j'aurais aimé pouvoir poser ma main sur son épaule, lui transmettre de l'énergie, de la joie, de la force, lui dire qu'il n'était pas seul, qu'on ne l'est jamais vraiment. Je comprenais ce sentiment de solitude, qui m'avait toujours semblé étrangement exacerbé dans les lieux où les humains étaient si nombreux. Mais, avant que je ne pusse dire ou faire quoi que ce soit, il renchérit :

– Oui, je vais bien : je suis en vie et je respire.

Cette réplique m'interpella. Est-ce qu'être en vie et respirer suffisait à aller bien ? Sans saisir le sens profond de sa phrase, je lui offris mon plus beau sourire, sans le forcer, et j'acquiesçai. Le sentiment de solitude, pour un instant, s'était estompé. Parfois, il ne suffisait que de ça pour remplir le vide : un petit geste, un petit mot, une petite attention, une connexion… un retour à la vie. Je lui fis un signe de tête et avançai vers le hall.

Chapitre 4. Signe

À l'entrée de l'immeuble, Jake, le portier, me salua et me remit un précieux colis. J'aimais bien Jake. Il avait ce je-ne-sais-quoi d'attachant, toujours un mot gentil ou drôle. Je m'attardai souvent dans le *lobby* pour converser avec lui. Jake avait été un de ces athlètes de football américain qui, après quelques années de succès sur le banc de touche, un Super Bowl et une super blessure remportée lors d'un match tant attendu où on l'avait enfin appelé sur le terrain, s'était reconverti à la sauvette, éclopé et ne sachant que faire. Un jour, il m'avait dit, avec sa bonne humeur légendaire, que son nouveau métier était assez similaire à l'ancien : « Je porte un uniforme, je suis assis sur un banc et je regarde les matchs. C'est du pareil au même… et au moins, ici, je sers à quelque chose. »

Le paquet venait de LRB, une entreprise spécialisée dans les livres rares. J'y avais déniché quelques semaines auparavant un exemplaire rarissime de l'une des premières éditions du *Petit Prince*, publié en 1943 à New York, illustré avec ses aquarelles d'origines. Il s'agissait d'un cadeau pour mon grand-père que je cherchais depuis longtemps. Collectionner les vieux livres était l'une de nos passions communes. On aimait les respirer et, grâce à leurs odeurs, imaginer leur histoire. Celui-ci était spécial, car *Le Petit Prince* était l'un des ouvrages préférés de mon grand-père. C'était aussi le mien. Nous avions passé des heures, tous les deux affalés sur le vieux canapé en corduroy moutarde du petit salon bibliothèque, à le lire.

Ce paquet de LRB attendu depuis des semaines, que je serrai fort entre mes mains, était un signe : il était temps de rejoindre Papou.

Jake me regardait par-dessus le comptoir de la réception, ses yeux se déplaçaient rapidement entre son petit écran de télé, sur lequel un match se jouait, et moi.

– Qu'est-ce qui ne va pas, Miss Éloïse ? me demanda-t-il.

– Euh, rien… Pourquoi ?

– Parce que vous restez devant l'ascenseur sans appuyer sur le bouton.

– Ah, oui, pardon.

Je ne savais pas pourquoi je m'excusais, mais je m'excusais, tout le temps. C'était instinctif. J'étais désolée de tout, peut-être même d'exister. Jake répéta sa question.

– Y a pas de quoi vous excuser, mais qu'est-ce qui ne va pas, Miss Éloïse ?

– Je ne sais pas… Un mauvais pressentiment, je crois.

Ses yeux abandonnèrent complètement le match, ce qui annonçait que ce qu'il allait me dire était important.

– Qu'est-ce qu'il vous dit, ce sentiment ?

Je réfléchis un instant. Que me disait le sentiment ? De rentrer à la maison ? D'aller voir mon grand-père ? Que quelque chose allait se passer ?

– Il me dit d'aller en France et de rendre visite à mon grand-père, je crois.

Jake plissa les yeux et prit un air sombre, comme si je venais de présager quelque chose de grave. Il éteignit le poste télé, comme il ne le faisait que très rarement, et s'avança vers moi.

– Quand on a ce genre de sentiment, c'est pour quelque chose, Miss Éloïse. Moi, à votre place, j'y réfléchirais pas à deux fois. Je rentrerais chez moi.

Jake avait appuyé sur le bouton de l'ascenseur et le bip d'ouverture des portes retentit. Je hochai de la tête et le remerciai avant que les portes ne se referment sur notre échange.

Il avait probablement raison et passer un peu de temps en France ne pouvait me faire que du bien. Je trouverais une excuse pour lister-performer-rayer à distance quelque temps. Même si on allait probablement me dire que c'était un coup de tête et que je me faisais des idées, ça m'importait peu. Quand le corps parlait, la seule chose à faire était d'y répondre. J'imagine que, pour taire mon inquiétude, j'aurais pu la boire ou la droguer, mais je ne savais pas faire cela.

En entrant dans la chaleur de mon appartement, j'enlevai mon bleu de travail, un tailleur bleu foncé de patriarche, et enfilai un gros pyjama d'hiver en flanelle toute douce. J'avais besoin de cette dissociation entre l'être du dehors et l'être du dedans. De gros flocons s'amassaient déjà lourdement sur le rebord de la fenêtre. Je jetai un rapide coup d'œil à l'extérieur, l'homme au Jack Russell avait disparu. Il devait avoir retrouvé, lui aussi, la chaleur de son intérieur. Je mis en route la cheminée électrique, puis m'installai confortablement dans le creux dodu de la liseuse, entourée de mes livres, parfaitement alignés sur les étagères du coin bibliothèque. J'aimais cet ordre sur lequel j'avais tout pouvoir. Sans plus attendre, je saisis mon Mac et tapotai sur le clavier : vol New York Paris, jeudi 22 février 2018.

Après avoir acheté mes billets, réservé une voiture et prévenu le bureau, je décidai de me mettre au lit. La valise attendrait le dernier moment pour se remplir. J'étais de toute manière trop fatiguée pour y penser maintenant. La nuit était très calme et je n'entendais que le crépitement de la cheminée électrique que j'avais laissé tourner au ralenti afin d'avoir bien chaud. C'était un calme peu ordinaire, offert par les flocons magiques qui tombaient sur la ville. J'aimais ce silence si reposant. Après avoir lu quelques pages de mon livre, j'éteignis la lumière douce qui embellissait la pièce et mon regard se posa machinalement sur mon téléphone. Il indiquait 23 h 23, comme tous les soirs. 23 h 23, toujours, s'allumait devant mes yeux et essayait de m'envoyer un message codé que je n'arrivais pas encore à déchiffrer, comme une fréquence brouillée de radio, comme une ampoule de cave qui grésille. Que voulait-il me dire ?

Chapitre 5. Le périple

Le lendemain, je me levai avant le jour et arrivai au bureau sur les coups de six heures du matin, bravant le froid de loup et l'épaisse couche de neige qui s'était déposée sur la ville. Je passai la journée à mettre mes affaires en ordre, sans prendre le temps de déjeuner, afin de réduire la liste du Kilimandjaro. Le soir, je rentrai sans traîner, j'enfournai des vêtements de toutes les couleurs et pour toutes les circonstances dans une gigantesque valise. J'étais certaine d'avoir oublié quelque chose, mais je ne savais pas quoi, alors je bouclai les sacs et rejoignis l'aéroport de JFK au pas des chasse-neige.

Le vol était à l'heure et, malgré les intempéries qui avaient ralenti ma route, j'arrivai bien deux heures à l'avance. Je rejoignis le salon Air France et me servis une belle assiette de tout ce qu'offrait le buffet, pour mettre un terme à cette journée de diète. J'aimais le cocon des lounges, qui servaient de sas de décompression avant de subir la promiscuité et le confort plus que rudimentaire de l'avion.

Alors que le vol de nuit était loin d'être plein, j'avais été placée au milieu d'une rangée bondée, entourée d'un homme d'une cinquantaine d'années qui mâchait bruyamment un chewing-gum et d'une femme qui portait sur ses genoux un enfant déjà surexcité. Pour ne pas avoir à supporter des heures entre eux, je cherchai une suite de sièges libres et, en trouvant une, je les abandonnai pour ce petit paradis de silence. Sept heures plus tard, alors que les passagers ouvraient les yeux, les miens étaient lourds et picotaient. Pour me faire pardonner de mon naturel spontané auprès de mes collègues, j'avais travaillé durant tout le vol et finalisé le rapport si important demandé la veille par le petit chef qui dirigeait mon service.

L'arrivée à Charles de Gaulle n'était qu'une escale pour moi, puisqu'il me fallait rejoindre la campagne des Hauts-de-France. Le petit village de Wissant n'était pas accessible par le train et je n'avais pas obtenu de véhicule de location à l'aéroport, à cause de ma réservation de dernière minute. Il me fallait me rendre à Villeneuve-sous-Dammartin, commune presque mitoyenne à l'aéroport, afin de récupérer le seul véhicule disponible aux alentours. Le véhicule qui m'emmènerait à bon port était un cabriolet Smart. J'enfournai la grosse valise qui me servirait de copilote sur le siège passager et partis immédiatement, sans écouter ma fatigue.

Après cinq longues heures, 300 kilomètres, trois arrêts café et trois pauses pipi, j'arrivai enfin au bout de mon périple interminable. Je m'engageai sur le petit chemin de terre entouré des mêmes vieux arbres, jusqu'aux gravillons qui bordaient la maison de mes grands-parents. En sortant de la voiture, l'odeur de cèdre, de la mer et du feu de cheminée vinrent me chatouiller les narines. En économisant les modestes revenus de gendarme de mon grand-père, ils avaient pu s'acheter cette très jolie maison il y a plus de cinquante ans, et ne l'avaient jamais quittée. La porte n'était pas fermée à clé ; je m'introduisis à pas de chat à l'intérieur de la maison et retrouvai d'autres effluves de mon enfance.

Dès l'entrée, je sentis les gâteaux à la cannelle que ma grand-mère, en bonne maîtresse de maison, préparait presque tous les matins depuis qu'ils étaient revenus d'Allemagne, en 1956. Il y avait aussi une once d'odeur de bonnes frites, spécialité des Hauts-de-France qui fonctionnait, selon ma grand-mère, midi et soir en accompagnement de n'importe quel plat, de la soupe de moules au *potjevlesch*. Je m'enivrais de ces souvenirs en parcourant le couloir lorsque, arrivée à l'entrée du petit salon bibliothèque, je le vis. Assis sur le canapé de corduroy moutarde, un livre à la main, le vieux loup moqueur me regardait avec de grands yeux de hibou étonnés, remplis de douceur, à moitié présent, à moitié dans le rêve. Je ne connaissais pas d'être plus aimable que mon grand-père ; il avait le cœur sur la main, et c'était dans ce regard de joyeuse surprise et dans aucun autre que je voyais l'amour s'affirmer sans condition. Ce regard pour lequel j'aurais fait tous les périples.

Chapitre 6. 23 h 23

Wissant, Hauts-de-France,

mercredi 28 février 2018

Ce soir-là, il n'y avait pas de lune ni d'étoile, seule la lumière du phare perçait l'obscurité. De la chambre violette qui faisait face à la mer, on pouvait la voir tourner. Elle dessinait toujours le même cercle, sans fin. Je me demandai s'il y avait une naissance et une mort dans ce cercle, tant, à l'œil, ce cycle semblait fluide.

Une larme perlait sur son visage. Il était en train de partir. Son petit corps d'homme diminué par la vieillesse n'avait presque plus rien d'humain. Il avait changé en quelques jours à peine, il ne se ressemblait plus. Il était cabossé, recroquevillé, blanchâtre et recouvert d'une pellicule humide qui annonçait la fin. Je pris sa main à la chair chiffonnée, encore à demi-tiède. Cette grosse main qui m'avait tant de fois emmenée jouer était devenue fragile. Son visage exprimait sans bruit la douleur du départ. Pour un instant, ses yeux furent rieurs. Sa respiration s'interrompait pendant de longues secondes comme si, maître du suspense, il retenait son souffle avant le clou du spectacle. Son ventre se gonfla légèrement une dernière fois. Un filet d'air serpenta, entraînant sur son passage la dernière trace de vie. Ça avait fait un bruit, comme le sifflement du vent qui s'échappe de la cheminée vide, après s'y être engouffré par mégarde.

Puis, rien.

Je tenais encore sa main immobile et restais moi-même figée. Je me trouvais dans le hors temps, où la seconde et l'éternité sont la même chose. Lorsque je revins à moi, je reposai délicatement sa main et le bordai d'une couverture douce pour qu'il ne prenne pas froid. C'était un geste familier, qui me replongeait dans le souvenir de ces soirs où c'était lui qui avait étendu cette couverture sur moi. Il avait fermé les yeux de lui-même et semblait plongé dans un profond sommeil.

Le respirateur ruminait, laissant s'échapper l'air qui n'entrait plus dans le corps, et la vieille horloge suspendue au-dessus du lit faisait résonner un tic-tac régulier. Les aiguilles indiquaient 23 h 23, 23 h 24, puis 23 h 25. Le temps ne s'était pas arrêté.

Il était parti.

Chapitre 7. Énergie

Je m'attendais à ressentir le vide, l'enclume sur ma poitrine, le nœud dans ma gorge, le poignard qui s'enfonçait dans mes entrailles, la respiration pénible qui entrait et dévastait tout sur son passage, mais rien ne vint. Au contraire, je sentis mon cœur se réchauffer. La chaleur m'apparut comme une énergie plus forte que la douceur, l'affection, la tendresse ou toute autre merveille. Une boule énergétique vibrante, lumineuse, belle et forte. Un shoot d'amour inconditionnel et inexplicable envahissait tout mon corps. Inexplicable, c'était bien le mot car, même si la logique me manquait pour le décrire parfaitement, j'étais témoin, à cet instant, de cette chaleur intense qui venait de me transpercer, et je ne pus que chérir ce sentiment qui était pour moi le plus beau des adieux.

Pendant quelques minutes encore, je restai seule avec lui, comme pour ne pas ancrer ce moment dans la réalité. Puis j'appelai ma mère, Christine, l'aide-soignante de garde qui était partie se faire une tisane au moment opportun, et tatie Lou, qui habitait juste à côté de chez mes grands-parents. Je téléphonai ensuite au médecin d'astreinte pour qu'il vienne la constater, cette mort inévitable.

Chapitre 8. Les pleureuses

À l'arrivée du médecin, je le conduisis dans la chambre où la mort avait eu lieu. Ma mère, Christine et tatie Lou s'étaient réunies toutes les trois au chevet du lit et pleuraient à chaudes larmes entrecoupées de sanglots bruyants. Il me regarda d'un œil suspicieux, peut-être était-ce mon manque de pleurs qui détonnait. Il est vrai que j'avais des yeux arides et, moi qui avais toujours eu la larme facile, je ne comprenais pas cette absence sur mes joues. Était-elle liée à cette force intérieure qui m'animait comme un pantin ?

Le médecin, entamant son enquête, enchaîna une série de questions sur l'état de mon grand-père. Il s'adressait à moi d'une voix que je trouvais assez brusque, au vu des circonstances.

– Pourquoi avoir retiré le respirateur ? me demanda-t-il.

À ses yeux, j'étais probablement la plus suspecte du groupe. Pourtant, ce n'était pas moi qui avais retiré la corde au cou de mon grand-père, mais je répondis quand même.

– Euh, parce qu'il ne respirait plus l'air.

– Hum, je vois. Normalement, on ne doit pas toucher au corps, vous le saurez pour la prochaine fois, me dit-il alors qu'il essayait de détecter un pouls.

Je me demandai à quelle prochaine fois il faisait référence, car j'imaginais mal à ce stade que mon grand-père puisse se réveiller… mais je hochai la tête pour lui montrer que j'avais bien compris.

– Est-ce que l'épouse du défunt est aussi décédée ? me demanda-t-il en retirant le stéthoscope de ses oreilles.

Je remarquai qu'en prononçant ce mot, « aussi », il nous indiquait ce qui n'était plus qu'une formalité pour lui : mon grand-père était parti.

– Non, Mamie est dans la chambre d'à côté, lui répondis-je.

J'avais décidé de la réveiller après le départ du médecin, pour lui éviter tout ce théâtre et lui laisser un moment calme, seule avec son époux.

– Ça fait partie du deuil que de voir le mort, me dit-il. C'est important d'aller la prévenir.

– Oui, je comprends, je vais le faire quand vous serez parti.

Il ne répondit rien, officialisa la mort en tamponnant négligemment l'acte de décès, s'en alla sans bruit et me laissa seule avec les trois pleureuses du bout du lit et ma grand-mère, plongée dans un profond sommeil, duquel je devais l'extirper pour la forcer à vivre le cauchemar de la réalité.

Quand le calme fut revenu, je pris mon courage à deux mains et, laissant le pantin s'animer, m'introduisis dans sa chambre, allumai la petite lampe de chevet qui émettait une lueur agréable et posai ma main sur son épaule. Un geste visant à la réveiller, mais que je voulais rempli de délicatesse.

– Mamie ? Mamie ?

À la perception de mon intonation, elle ouvrit les yeux et, sans que j'aie à ajouter quoi que ce soit, laissa se déverser de grosses larmes d’enfant. Elle hochait la tête en répétant « Non. Non. Non », comme une supplication lancée au ciel, mais elle savait.

Chapitre 9. Les jours d'avant

L'état de mon grand-père s'était aggravé rapidement, mais il n'avait pas voulu retourner à l'hôpital. Il avait dit, avec son franc-parler habituel : « C'est la fin, laissez-moi crever dans mon plumard. » C'était un personnage haut en couleur. Quand il avait décidé quelque chose, il était impossible de l'en faire changer d'avis et nous n'avions même pas essayé de l'en dissuader, tant la tâche était vaine.

J'avais passé les derniers jours à ses côtés, dans la chambre violette faisant face à la mer, qui était à l'origine la chambre des gens de passage, transformée depuis quelques mois en chambre de malade. On avait passé le temps restant à écouter de vieux disques, Brel, Brassens, Ferré, Trenet, à lire des poèmes, Hugo, Baudelaire, Verlaine, Rimbaud et à se remémorer de beaux souvenirs. On avait ouvert ensemble l'ouvrage de collection du *Petit Prince* et on avait relu quelques passages. Sur la fin, il ne parlait plus, il écoutait et souriait d'un sourire douloureux. On s'était repassé en mémoire le livre de sa vie en contant les anecdotes les plus joyeuses, en admirant les photos de vacances, de mariages, de naissances, des enfants, des petits-enfants, des arrière-petits-enfants et de tout ce qu'il laissait sur son passage. Si une belle mort était possible, alors c'en était une.

L'avant-veille, il m'avait laissé une enveloppe crémeuse sur laquelle était écrit « À ouvrir lorsque j'aurai passé l'arme à gauche », de son écriture artistique totalement illisible à l'œil novice. Elle était scellée de cire rouge et marquée du cachet « F. de Forestel ». Je fis glisser mon pouce sur le sceau en imaginant mon grand-père s'appliquer une dernière fois à cet acte désuet que j'aimais tant. Je ne pus m'empêcher de m'exécuter, avant même que l'arme ne soit vraiment à gauche, avant même de passer ma première nuit, sur cette terre, sans lui.

Chapitre 10. La lettre

Lundi 26 février 2018

Mon petit Lily,

La nuit passée, j'ai rêvé de mon père. Je ne me souviens pourtant jamais de mes rêves, mais il m'est apparu si distinctement que je me suis même demandé si j'étais vraiment en train de dormir. Je te passe les détails de cette vision d'illuminé et bien que je ne sache pas si je perds les pédales ou si, au contraire, je suis en train de vivre un moment de grande lucidité, au cas où la fin serait toute proche, je rassemble ce qu'il me reste de vivacité pour t'écrire ces quelques lignes.

Ce qui me pousse à te dire que je suis plutôt lucide, c'est que je me rends bien compte que je ne suis plus qu'un vieux croûton alité, la fin est proche, je suis en paix avec cela. Ne crois pas que j'aie la moindre amertume, j'ai vécu ma vie pleinement et je ne peux qu'en être satisfait. Il me semble que je pars avec ce qui compte le plus : un cœur plein de bons souvenirs. Peut-être est-ce de la mélancolie, ou peut-être suis-je touché par une révélation, dans tous les cas, au plus proche de la fin, je pense que le sens profond de la vie, c'est ça : ce cœur rempli d'amour et de bons sentiments.

Le renard a raison, Lily : « On ne voit bien qu'avec le cœur, l'essentiel est invisible pour les yeux. » Il n'est d'ailleurs pas le seul à prôner cela… L'amour est l'essence de tous les messagers, penseurs et prophètes, l'essence des religions, l'essence de tous les enseignements divins de notre monde.

Abraham, Moïse, Jésus, Mahomet, Lao-tseu… tous avaient été frappés par la même grâce et le même message : celui de l'amour. L'amour est très certainement la formule universelle. C'est tout simple. Pour autant, cette recette magique n'est suivie que par bien peu de personnes.

Je sais que c'est un peu lâche de ma part de te donner cette leçon, sans l'avoir moi-même appliquée à la lettre. Je cours le risque que tu me prennes pour un vieux sot, plus que pour un vieux sage… Mais si ce mot doit être le dernier que j'écris, je me sens dans l'obligation de te léguer une étincelle qui, je l'espère, te servira.

S'il te plaît, réfléchis à ce concept d'amour universel. L'amour en tant qu'énergie cosmique. L'amour qui rassemble et relie tout dans ce monde. L'amour qui guérit. L'amour qui unit. L'amour en tant que miracle. À chaque décision que tu prendras, à chaque épreuve que tu rencontreras, à chaque peine que tu surmonteras, transforme l'adversité par de l'amour. Surtout, ne me crois pas sur parole, fais-en l'expérience : vis au pays de l'amour… Et si tu ne sais pas comment t'y rendre, Lily, questionne ton cœur, il connaît le chemin.

P.-S. : Je compte sur toi pour prendre bien soin de Mamie.

Ton Papou qui t'aime.

Chapitre 11. La transformation

L'amour miracle, il me semblait que je venais d'en faire l'expérience. Je l'avais senti me traverser à l'instant de son dernier souffle. Mon cœur était plein, énorme, vibrant même, au lieu d'être triste et accablé.

Je ne pouvais m'empêcher de considérer cette expérience comme une révélation : que ce soit de l'amour à l'état pur ou toute autre énergie merveilleuse, quelque chose était bien passé de mon grand-père à moi, et cela venait renverser tout ce que je croyais savoir de la mort et de sa finalité. Après tout, la mort n'était peut-être que la fin d'un cycle et, après la mort, il y avait peut-être le renouveau, comme le ciel qui s'illumine après la pénombre, comme le printemps qui bourgeonne après l'hiver. Aussi naturelle que le jour et la nuit, que les quatre saisons et que la lune qui joue à cache-cache, la mort humaine n'était peut-être qu'une transformation.

Après avoir laissé à ma grand-mère un peu de temps seule avec son mari, je l'aidai à se remettre au lit. En quittant son chevet, elle avait délicatement posé un baiser sur ses lèvres. C'était un doux baiser de princesse qui eût transformé n'importe quel crapaud en un beau prince, et je me pris à imaginer mon grand-père se réveillant, où qu'il soit dans l'au-delà, grâce à cet amour métamorphosant.

Je me couchai avec elle pour lui tenir compagnie. J'espérais que, si je lui tenais la main, la croix de sa peine serait un peu moins lourde à porter. Sa petite main tremblait dans la mienne au rythme de ses sanglots silencieux. Je ressentais qu'elle essayait de toutes ses forces de les contenir, mais sa peine était si grande que certains s'échappaient dans une secousse ou un gémissement. Je ne pus me retenir de déposer un bisou d'oiseau sur sa joue trempée. Je resserrai ma main autour de la sienne, pour lui dire que j'étais là, qu'elle n'était pas seule.

Quand elle s'apaisa, je commençai moi-même à somnoler, sans pouvoir m'endormir. Je me sentais à la frontière d'un autre monde. Depuis son lit et par la fenêtre de la chambre, je percevais la lumière du phare qui tournait encore. Le vent avait soufflé, le ciel s'était dégagé, on y distinguait à présent les étoiles, ces signes de l'éternité desquels nous étions nés, et qui semblaient détenir tous les secrets. Elles étaient venues guider mon grand-père dans son nouveau voyage. Mes paupières devenaient lourdes et mes pensées confuses, emportées par un épais brouillard. Cependant, une chose était très claire : Papou n'était pas vraiment parti, il s'était transformé.

Chapitre 12. Réaction au choc

Le lendemain du drame, dès les premières lueurs du jour, je vomis toute la bile que je détenais en moi. Je n'avais pas trouvé le sommeil et mon corps réagissait mécaniquement au choc. Ma peine s'écoulait sous la forme de ce liquide visqueux, mousseux, jaunâtre qui laissait dans ma bouche un goût abject. L'eau chaude de la douche me réconfortait, j'imaginais qu'elle me purifiait en profondeur. Quand la bile eut laissé place aux premières larmes, je n'arrivai pas à distinguer l'eau douce de cette eau salée. Je sortis de la douche et me séchai, crispée, afin que plus rien ne coule.

En posant mon regard sur les yeux exorbités du miroir, je me rendis compte que j'avais le teint cadavérique que j'avais vu sur mon grand-père la veille. Alors, pour ne pas ressembler à cet effrayant reflet, je pris un peu de rouge, de rose et de noir et je m'en barbouillai le visage en clown triste.

Je m'habillai vite pour fuir cet endroit qui puait la mort. Cette maison n'était plus ce qu'elle était, elle aussi allait bientôt rendre l'âme. La mort aux trousses, je me rendis aux pompes funèbres pour organiser la suite, ne sachant que faire du corps gisant dans la chambre violette face à la mer car, même s'il était vide, ma grand-mère voulait le garder jusqu'à l'enterrement. Je fis donc venir une thanatopractrice en urgence afin de le conserver sur place et de lui redonner un semblant de vie. Puis, je décidai de passer quelques heures seule sur la plage déserte, pour retrouver un peu de force, mais après avoir rencontré un cadavre de chat noir, je rentrai précipitamment avant qu'un autre malheur n'arrive.

À mon retour, je remarquai une odeur de formol dans le couloir et me demandai si elle s'était incrustée en moi lors de ma visite au funérarium, mais en ouvrant la porte de la chambre violette, les émanations me frappèrent. La thanatopractrice n'avait pas perdu une minute pour embaumer le corps. Elle l'avait préparé pour son repos éternel en le bariolant de belles couleurs sur le visage. Lui aussi faisait le clown. Il avait le même teint que mes jolies poupées de porcelaine, avec des joues rosées propres aux gens qui ont bonne mine. C'était un beau travail et, hormis l'odeur infecte de formol, il respirait la santé.

Il était là. Assis près de la fenêtre, il observait ce corps de cire qui n'était plus le sien. Il regardait avec tendresse l'enveloppe terrestre étendue devant nous, comme s'il voulait lui rendre un dernier hommage. Il me souriait, il était beau. C'était la première fois que je voyais ce jeune homme que je n'avais pas connu, mais je n'avais pas de doute, il avait ce même regard de ciel du nord, c'était bien lui, c'était Papou.

Chapitre 13. Le service

Après concertation familiale, le choix d'un cercueil en noyer massif capitonné d'un satin de couleur crème, les prières, les musiques et tout le tralala de circonstance, je m'attelai à l'écriture de l'éloge funèbre. Cela marquait le début de mon deuil. Je m'enfermai pour plusieurs heures, seule dans une chambre à l'étage où il avait entassé tout ce qu'il n'avait pas pu ranger dans les placards du bas, que ma grand-mère surveillait depuis toujours comme un chien de garde pour éviter l'invasion de son bric-à-brac. Là gisaient des boîtes vides de glace Côte d'Or rhum raisin, que plus personne ne mangeait, des outils provenant d'un autre monde, des montagnes de piles, des journaux, non, des tonnes de journaux, et des papiers, – peut-être importants. Tout cela me fit sourire et je me demandai s'il y avait encore plus de bizarreries dans sa caverne d'Ali Baba, cette cave gigantesque située dans les entrailles de la maison, remplie du sol au plafond.

Ma mère et moi étions restées chez ma grand-mère afin de lui tenir compagnie dans ses premiers moments de solitude. Mon père, venu présenter ses condoléances, était de passage pour embaumer les cœurs. Il frappa à la porte de la chambre où je me trouvais et l'ouvrit sans attendre une réponse.

– Ma fille, tu ne viens pas dire bonjour à ton père ?

Mon père était ce genre de personnage qui parlait souvent de lui à la troisième personne, comme s'il se voyait de l'extérieur et qu'inconsciemment il n'était pas « je suis », mais « il est », un être qui se dissociait du Moi. Il était narcissique, absolument charmant, grandiloquent et cajoleur. Il aimait briller, mais son éclat, associé à un manque cruel d'empathie, m'avait toujours paru terne. Je crois que c'était la dévotion de ma mère qui avait rapproché ces deux êtres si radicalement opposés. Il avait besoin d'un public fidèle et complaisant, car comme tout flatteur, il vivait aux dépens de celui qui l'écoutait, et ma mère savait si bien tendre l'oreille.

– Bonjour, Papa. Pardon, mais je suis occupée et j'ai envie d'être seule, lui répondis-je en replongeant mes yeux sur les cinq mots du brouillon de l'éloge qu'il m'avait fallu cinq heures pour écrire.

– Tu peux quand même venir me dire bonjour, c'est la moindre des choses, me répéta-t-il avec son air de metteur en scène, peu habitué à ce que l'on n'aille pas dans son sens.

Je crois que cela lui déplaisait que nous logions là, ma mère et moi, alors que lui était seul aux Crobois et qu'il n'y avait personne pour lui préparer ses repas, faire son lit, et surtout aucun public pour écouter ses longs monologues. Je n'aimais pas revenir aux Crobois, tant la propriété était remplie de fantômes et de mauvais souvenirs. C'était ma maison d'enfance, le château de mon père, gagné durement par son courage, sa détermination et ses bonnes affaires, qui donnait à présent à sa famille un air de bourgeoisie volé au comte des Marais, à qui le château avait appartenu avant-guerre. Je ne m'y étais jamais sentie chez moi. Depuis que j'avais quitté le cocon familial tissé dans du fil barbelé, lorsque je séjournais dans les Hauts-de-France, je préférais dormir à Wissant chez mes grands-parents. Les Crobois n'étaient qu'à quelques dizaines de kilomètres de là, alors j'y allais dans la journée, passer du temps aux écuries et avec ma mère qui, je crois, n'aimait pas plus que moi ce château de l'enfer. L'ambiance aux Crobois était macabre, peut-être parce que le château, proche des côtes du débarquement dunkerquois, avait été réquisitionné pendant la guerre et qu'il portait en lui la trace de l'horreur. Il y avait quelque chose de mauvais qui se réveillait là-bas la nuit et mon être sensible n'avait jamais pu tolérer de vivre sur ce champ de bataille. Mon père, lui, s'y plaisait, comme s'il aimait être au plus proche des monstres.

– On m'a dit que c'était toi qui t'occupais de l'éloge funèbre, me demanda-t-il en s'asseyant sur le fauteuil face au mien, ignorant ma demande de solitude.

Mon père, le metteur en scène, aimait avoir le contrôle et diriger la vie de ses acteurs. Il ne s'appelait pas Jacques, mais il aimait ce jeu. Jacques a dit viens dire bonjour, Jacques a dit fais ceci, Jacques a dit fais cela. On ne s'entendait pas bien, probablement parce que je n'exécutais pas les ordres donnés par Jacques. Je n'étais pas rentrée dans le rôle qu'il m'avait attribué dans le film de sa vie. On me disait qu'il était fier de moi, mais c'était bien ça le problème, je ne voulais pas de sa fierté. J'aurais juste aimé avoir un petit bout de son cœur, sans jeu de rôle.

– Euh, oui, je m'occupe de l'éloge, lui répondis-je d'une voix sans force, trop faible pour partir en guerre.

Parfois, comme en cet instant, une lueur de douceur et d'amour paternel dans son regard me redonnait espoir, rapidement ruiné par une parole du chef de famille qui savait mieux que tout le monde.

– Tu es sûre que tu peux le faire, ma fille ? Il n'y a rien de plus désagréable que quelqu'un qui lit un éloge funèbre en pleurnichant sans que l'on n'y comprenne rien.

Il ne m'appelait jamais par mon prénom. Pour lui, je n'étais pas Éloïse, prénom choisi par ma mère alors qu'il refusait mon existence. Lorsqu'il avait enfin daigné me reconnaître en mairie comme étant officiellement sa fille, j'étais devenue « ma fille », comme si je n'avais pas d'autre identité. Sa fille, sa possession, sur laquelle, à la façon du metteur en scène, il avait tout pouvoir. Je ne répondais rien, alors il reprit :

– Je crois te l'avoir déjà dit, à l'enterrement de mon bon ami le préfet Jean-François Barrut, c'est son épouse qui lisait l'éloge, et ça n'avait rien d'élogieux. La pauvre femme était si éprouvée qu'elle s'arrêtait toutes les deux secondes. Un supplice pour tout le monde, crois-moi. Non, vraiment, il vaudrait mieux que ce soit un de tes cousins. Propose-le à Guillaume ou à Édouard. Ils seront moins émotifs que toi, ma fille.

Il fit une pause et renchérit à nouveau. Le couteau avec lequel il me torturait le ventre n'était probablement pas encore assez profond à son goût.

– Tu verras, ce sera mieux pour tout le monde.

Pourtant, tout ce que je voyais dans ce regard, c'était son manque d'empathie et la normalité de ses mots pour un homme de son standing. Je n'étais qu'une femme aux gros pleurs, les femmes étaient émotives et pleurnichaient, c'était bien connu. Il me blessait à nouveau, comme presque à chaque fois qu'il ouvrait la bouche. Je l'avais laissé continuer son soliloque, à lui-même et pour lui-même, afin qu'il ne m'atteigne pas plus. J'avais appris à faire comme si j'étais là sans l'être vraiment. Le tenir à distance me permettait aussi de contenir la peine qu'il provoquait immanquablement.

*

Le matin de l'enterrement, le tonnerre gronda et il y eut de petites secousses dans le sol, comme si le ciel et la terre se disputaient le départ de mon grand-père. Le service s'était passé aussi bien qu'un service funéraire pouvait se dérouler, dans la petite église du village assaillie par la grande famille. Il y avait de tout sur les visages : de la peine et de l'indifférence, des sanglots audibles et une souffrance étouffée. Tout était solennel et tout était spectacle, mais chacun avait tenu son rôle.

Moi-même, j'avais joué un petit rôle dans la pièce, celui du récit de l'éloge funèbre, que j'avais refusé de céder. À la fin du service, le prêtre, le croque-mort et des membres de la famille étaient venus complimenter mon discours émouvant, des paroles qui m'avaient fait beaucoup de bien. Mais celui qui semblait le plus avoir apprécié le show, c'était mon père. Il avait tenu à me féliciter en me serrant la main, comme on serre la main d'un partenaire lors de la signature d'un contrat. Il se tenait droit comme un piquet dans son costume trois-pièces, arborant fièrement sa collection de pin's, comme un gamin de CM2. Il avait ce regard, fier comme un coq de basse-cour. Je ne lui avais pas fait honte, au contraire, je lui avais fait honneur. J'avais réussi, car en prononçant un discours assez grandiloquent à son goût, j'étais restée forte, voyez-vous, je n'avais pas pleuré.

Ce regard alluma le feu dans mon ventre. Un feu si puissant que je ne pouvais le contenir. J'avais besoin de le hurler pour le laisser sortir. À ce moment-là, même s'il n'était pas opportun, je me transformai en un puissant dragon. Je crachai tout mon feu, jusqu'à ce qu'il n'y ait plus rien qui sorte, mais en refermant la bouche, je gardai ce goût de cramé, ce goût de noir, cet incendie de l'être… Il avait allumé la colère en moi. C'était le genre de colère qui laissait des traces sous la forme d'un arrière-goût dans la gorge, et ce goût, je ne pouvais que le haïr, car il était sacrément mauvais.

Chapitre 14. Souvenirs

J'avais décidé de rester quelques jours de plus à Wissant, pour passer ce temps difficile, mais précieux avec ma mère et ma grand-mère. Ce matin-là, à la demande de Mamie, je m'étais rendue au bureau de tabac presse au centre du village, afin de jouer au traditionnel loto. Une voyante douteuse avait, trente ans plus tôt, prédit le gros lot à ma grand-mère, alors depuis, elle ne manquait pas une occasion de gagner. Comme ce n'était pas encore arrivé, elle retentait sa chance à l'infini. Elle était comme ça, elle avait la patience dans le sang. Je n'avais jamais su si la charlatane avait des actions d'entreprise, en tout cas, c'était bien la Française des jeux qui avait gagné ce gros lot.

Je rentrai en empruntant le chemin des falaises à craie blanche sur lequel j'avais l'habitude de me promener avec mon grand-père. C'était une journée grisâtre, caractéristique de la région. Arrivée devant la chaumière aux nains, je coupai par les hautes herbes pour rejoindre la maison. Le vent sifflait dans mes oreilles comme un serpent à sonnette. J'agrippai la grosse main de Papou : « Écoute ce que te chuchote le vent », me disait-il.

La lettre de mon grand-père m'avait plongée dans une sorte de mélancolie réflective qui m'était familière. Sur ce chemin, naviguant entre les hautes herbes de la zone dunaire, mon esprit vagabondait entre présent et passé, souvenirs de douceur et souvenirs de douleur. J'avais ce besoin soudain de faire le lien avec l'enfant caché en moi. Ce petit être oublié, séquestré, que j'avais enfermé à double tour dans ma carapace d'adulte. Je la laissais si peu souvent voir le jour. Pourtant, Lily était toujours là, je le sentais. Elle était cette partie de moi qui avait envie de courir à grandes enjambées sur les falaises, de danser sous la fine pluie qui commençait à tomber, de rire à s'en tordre le ventre, de crier dans l'immensité du ciel, de laisser ses émotions s'échapper, sans crainte, sans jugement, juste parce qu'elles étaient là. Mais je me retenais de tout. Je hurlais en silence. Mes cris n'avaient pas disparu, ils étaient juste étouffés. On m'avait appris à ne rien laisser paraître, à contenir, à maîtriser, à être forte, à ne pas pleurer à la face du monde, même lors de l'enterrement de mon grand-père. Mon père m'avait élevée mi-fille, mi-soldat. Il m'avait dit qu'il ne fallait pas montrer nos faiblesses. Il m'avait préparée pour un monde où l'on devait choisir entre écraser ou être écrasé. Il m'avait appris à jouer à la perfection dans les règles de l'art. Mais était-ce vraiment tout cela, la force ?

Depuis la lecture de la lettre, je retournais les mots dans tous les sens. Je me questionnais sur cet amour miracle dont mon grand-père parlait, et sur le fait de suivre la voie du cœur. Il me semblait que je m'étais égarée quelque part en chemin, dans les hautes herbes qui aveuglaient… Car ce n'était pas la route du cœur que j'avais empruntée, mais plutôt celle de la norme et de la raison. Elle n'était pas diabolique, mais elle n'était pas très joyeuse. Le problème, c'était qu'à présent que les fondations étaient posées, je ne savais pas comment dévier de ma route si bien tracée.

« Si tu ne sais pas comment t'y rendre, Lily, questionne ton cœur, il connaît le chemin. » Les mots de mon grand-père résonnaient dans ma tête. Alors, je me mis à parler à mon cœur : « Je ne sais pas où aller, ni comment y aller, mais je crois qu'il y a autre chose pour moi que cette vie toute tracée… Peux-tu m'aider ? » Mais le cœur resta silencieux, et le vent ne chuchotait que des sifflements que je ne comprenais pas. Je me dis que mon cœur était peut-être comme moi, un peu timide, et qu'il lui fallait du temps pour me répondre.

En remontant le chemin qui menait à la maison, je décidai de prendre exemple sur ma grand-mère et son loto, et de redoubler de patience. Après tout, son sang d'entêtée coulait aussi dans mes veines. J'attendrais un signe, qui me montrerait la voie du cœur et m'ouvrirait les portes du pays de l'amour.

Chapitre 15. Rêve d'enfant

Après l'enterrement, la famille s'était réunie et il avait été décidé de faire un grand tri dans les affaires de mon grand-père. Chacun avait hérité d'une pièce. Maman avait la responsabilité de la caverne d'Ali Baba, tatie Lou, des placards des chambres du haut… et j'avais choisi le petit salon bibliothèque.

Je pris place sur le tapis persan, adossée au fauteuil en corduroy duquel s'échappaient par endroits des lambeaux de peau jaune moutarde. Une dizaine de cartons jonchaient le sol et rendaient l'accès aux étagères difficile. Je décidai donc de commencer par trier ces cartons, pour ensuite me concentrer sur le dépoussiérage et le rangement de tous les livres de la bibliothèque. Les cartons étaient comme des boîtes au trésor. À l'intérieur, il y avait de tout : des livres, des magazines, des journaux du siècle dernier qu'il avait probablement rangés là en attendant de les lire. Il avait un peu de retard sur sa lecture, et je me demandai quel plaisir il aurait pris à lire en 2018 le quotidien intact du 14 octobre 1988, titré « La France reprend espoir », mettant en scène la photo d'un joueur de foot aujourd'hui inconnu au bataillon.

En entamant le troisième carton, je tombai sur un mot d'enfant écrit par mes soins. Sur l'enveloppe d'un rose passé était inscrit, à l'encre bleue, en lettres inégales et mal formées : « Ce que je veux faire quand je serai plus grande. » Je m'attelai avec beaucoup de délicatesse à déballer ce petit trésor. Il contenait une feuille A4 à grands carreaux légèrement jaunie, qui dégageait une odeur de vieux papier crispé. La feuille révélait une liste de métiers que, du haut de mes sept ans, j'avais envisagés de manière proactive pour mon avenir : humoriste, actrice de télévision, écrivaine de belles histoires, libraire, créatrice de bonbons, chanteuse, exploratrice, éleveuse de chiens et gymnaste comme Nadia Comăneci.

Ces rêves d'enfant sortis des oubliettes me firent sourire. Je m'arrêtai un instant sur l'idée de la créatrice de bonbons, en me remémorant le temps où mon grand-père sortait de sa poche quelques francs et que je pédalais à en perdre haleine jusqu'à la boulangerie du village, pour m'acheter des souris au caramel ou une boule de mammouth. J'avais entouré « humoriste » et « écrivaine de belles histoires », professions que je devais considérer de façon très sérieuse. Ironiquement, il n'y avait pas le métier de responsable des ressources humaines que j'exerçais réellement.

Pourquoi ces rêves d'enfant étaient-ils si loin de moi, à présent ? Était-il si improbable que cela de les réaliser ? Ce n'était pas comme si, sur ma liste, il y avait écrit « princesse » ou « petite sirène », alors pourquoi ne pas avoir considéré l'une de ces voies lorsqu'il avait fallu choisir une orientation ? Pour une raison qui m'échappait aujourd'hui, j'avais préféré devenir cadre supérieure dans une entreprise du CAC 40. Je ne savais pas si c'était mieux ou moins bien. En tout cas, c'était certainement moins distrayant.

Il s'agissait d'une question que je posais souvent en entretien : « Qu'est-ce qui vous a poussé à faire ce métier – contrôleur de gestion, comptable, responsable-marketing, responsable de communication ? » J'avais beaucoup de mal à imaginer que l'on me réponde avec sincérité : « Oh, c'est un rêve d'enfant. » D'ailleurs, la plupart des réponses que j'obtenais sonnaient faux, comme si on essayait à tout prix de cacher, aux autres, mais aussi à soi-même, que l'on n'avait jamais vraiment voulu faire ça, que l'on se retrouvait là un peu par hasard, en ayant fait une série de choix que l'on avait voulus rationnels et raisonnables.

La vérité, c'était que j'attendais que l'on me propose une réponse qui fasse sens, parce que je n'en avais pas moi-même.

J'avais déjà évoqué ce sujet avec mes amis lors de ces soirées de grandes confidences : mais qu'est-ce qui avait bien pu nous pousser à faire plus ou moins vingt ans d'études pour « faire carrière » dans une grande entreprise ? On se cachait volontiers derrière des réponses comme « évolution à l'étranger », « super salaire », « métier à responsabilité », « sécurité de l'emploi », ou encore « intellectuellement challengeant », mais était-ce vraiment le cas ?

J'avais de plus en plus l'impression que le modèle *corporate*, comme on disait aux États-Unis, n'était autre que le nouveau fordisme et que nous étions les ouvriers de ce siècle, condamnés à enchaîner des missions répétitives, à repenser à l'infini les mêmes projets qui portaient différents noms, à déconstruire pour reconstruire, à se cloisonner dans des tâches qui n'avaient que peu de valeur ajoutée, à se convaincre que l'on était stimulé, que l'on bossait d'une manière stratégique, alors que l'on ne faisait qu'appliquer à la lettre ce que l'on nous demandait de faire, guidés par une vision d'entreprise réduite, le plus souvent, au regard d'un seul homme : le petit chef. Et, alors que l'on n'apprenait plus rien depuis des lustres, on se consolait au détour d'une promotion, d'une mobilité à l'étranger, ou d'un retour en province où l'on aurait réappris à faire exactement les mêmes choses différemment, où l'on aurait profité pleinement de notre condition d'ouvrier intellectuel.

Pour tenter de sortir de cet engrenage ennuyeux, j'avais choisi de changer une chose chaque année ou presque : le secteur, le département, le métier. Avant les ressources humaines, j'avais fait de la com', du marketing, dans la mode, l'hôtellerie, puis la tech. Mais malgré ces changements, il n'y avait *in fine* que peu de différence.

Réussir n'était pas bien difficile, il suffisait de lister-performer-rayer. C'était à la portée de n'importe qui, l'intelligence n'avait rien à voir avec la réussite en entreprise, mais la politique, oui. La politique, ça voulait seulement dire adhérer à la vision du petit chef, ou feindre d'y adhérer. Cela permettait d'accéder au Saint Graal, aux jobs que tout le monde voulait, qui faisaient profiter des avantages de l'ouvrier intellectuel : bon salaire, mobilité et voyages. J'avais réussi, et je profitais bien de ma condition. Mes rêves d'enfant étaient lointains, cachés au fond de cette boîte en carton poussiéreuse, entre deux documents de mon grand-père, tapis dans l'oubli.

*

Après avoir terminé le tri du dernier carton et mis de l'ordre dans les étagères, je refermai la porte du petit salon bibliothèque. J'avais emporté avec moi ma liste de rêves. J'étais grande à présent, peut-être était-il temps de renouer avec « ce que je veux faire quand je serai grande ». Peut-être que la petite Lily savait bien mieux que moi ce qui aurait pu me faire vibrer. Il me semblait en tout cas que ça n'était pas une coïncidence si cette liste refaisait surface à ce moment-là. Certes, la société d'adulte m'avait poussée à faire les choix de la raison, un chemin que je m'étais félicitée de prendre, mais était-ce bien raisonnable de me couper des rêves de l'enfance ? Était-ce bien raisonnable de continuer sur ce chemin vide de sens ? Était-ce bien raisonnable de mettre mon cœur en sourdine, de le bâillonner jusqu'à ce qu'il suffoque ? Je crois que c'était la raison pour laquelle je ressentais l'enclume dans ma poitrine : j'avais mal au cœur. Mon cœur, je devais lui rendre sa liberté, je devais le laisser me guider… Il était là, mon signe, il était là, le pays de l'amour, il était là, à portée de cœur.

Chapitre 16. Le bien-être au travail

New York,

mercredi 21 mars 2018

De retour à New York depuis quelques jours, je reprenais mon train-train. Le Kilimandjaro ne s'était pas transformé en Everest, au contraire, beaucoup de choses inutiles avaient disparu. Il m'apparut que, si j'abandonnais mon poste pour un temps incertain, des tâches d'apparence urgentes avaient le don de devenir obsolètes et disparaissaient. Cela me faisait à nouveau me questionner : combien des tâches que j'effectuais avaient vraiment de la valeur ?

Onze heures. La réunion allait commencer. À l'instar de tous les petits chefs de ce monde, notre petit chef était réfugié dans son gigantesque bureau, au dernier étage de sa tour d'ivoire. Il en sortait très rarement, tant il avait des choses importantes à faire qui ne lui permettaient pas de se mêler aux autres. On allait parler de bien-être au travail, parce qu'il fallait bien tenir la mascarade et avoir l'air de se préoccuper des sujets humains.

Il m'avait demandé de lui remettre un discours faisant état de notre incroyable investissement en matière de bien-être et de notre formidable engagement auprès de nos salariés. Bien évidemment, par « notre », il fallait lire « son ». Le discours présentait les nombreuses activités prévues pendant la semaine du *wellbeing at work*[1], qui avait lieu une fois par an. Non, non, le bien-être, ça ne pouvait pas être tous les jours.

Le lundi débutait le concours sur les réseaux sociaux : il avait pour but de fédérer les collaborateurs et consistait à poster une photo #wellbeing. L'enjeu était énorme, puisque le gros lot de la semaine, une clé USB 64 MB – la plus mini des clés USB du monde, non pas par sa taille, mais par sa capacité – serait gracieusement offerte aux gagnants. Le mardi était organisée une distribution de fruits. Le mercredi, nous pouvions assister à une conférence sur le thème du bien-être, avec un intervenant notable : un psychologue d'entreprise retraité, ami de jeunesse du petit chef. Le jeudi se tenait la « remise d'accolade », prix décerné aux salariés les plus vaillants, consistant en un diplôme imprimé en couleur, notifiant les honneurs dudit salarié et signé par le petit chef, électroniquement, parce qu'il ne fallait pas trop en faire quand même. Enfin, le vendredi, on nous annonçait le résultat du concours des réseaux sociaux, et nous assistions à la remise du prix clé.

Il était mentionné dans le discours que les salariés étaient vivement conviés à occuper les locaux toute la semaine. Traduction : il était interdit de faire du télétravail pendant la semaine du *wellbeing*, pour reprendre les mots du petit chef accompagnés de son habituel raclement de gorge qui asseyait son autorité, « ils n'allaient tout de même pas rater ça ! »

Oh, j'avais essayé de faire passer des activités un peu plus sympathiques, comme des cours de yoga, des séances de méditation, de la sophrologie pour apprendre à gérer le stress, mais on m'avait

1. Bien-être au travail.

explicitement demandé de rester traditionnelle dans le choix des animations, tout en me précisant bien sûr que nous n'y accordions pas de budget.

Au début, j'avais tenu tête au petit chef et, quand je n'étais pas d'accord, je le disais. Mais cette âme rebelle m'avait valu quelques déboires… Que l'on ne s'y trompe pas, même s'il demandait notre avis, le petit chef s'attendait à ce que l'on pense comme lui. Si l'audace nous prenait de lui dire franchement ce que nous pensions, il valait mieux que nous tombions juste, et si nous lui tenions tête, il valait mieux que ça ne dure pas.

Parfois, le petit chef avait besoin d'être challengé, pour renforcer son sentiment de pouvoir divin en prenant des décisions tranchantes, d'une importance capitale. Cette rébellion était alors bienvenue et constructive. Mais à la fin, il s'attendait toujours à ce que l'on s'aperçoive qu'il avait raison, parce que si le petit chef réalisait qu'il avait tort, la crise d'ego apocalyptique faisait surface et détruisait tout sur son passage. Nous n'avions alors pas intérêt à nous trouver sur sa route.

Comme j'avais cette malencontreuse tendance à être une Madame Je-sais-tout, je m'étais déjà trouvée sur la route d'un petit chef. Mon père était l'un d'entre eux et, toute mon enfance, ça avait saigné. Il avait d'ailleurs posé ma capacité à me soumettre aux petits chefs comme une des conditions de ma réussite future. Il avait écrit dans un livre autobiographique destiné à la famille proche, mais quand même publié en autoédition à mille exemplaires, qu'il me prédisait « la réussite », si et seulement si j'apprenais à « écouter les autres ». Traduction : si j'apprenais à l'écouter, lui. « Quel drôle de conseil », m'étais-je dit en lisant ses mots. Comme si « les autres » savaient mieux que moi ce qui était bon pour moi. Il m'avait fait me questionner : plutôt que d'apprendre à écouter les autres, ne ferait-on pas mieux d'apprendre à s'écouter de l'intérieur ?

Par chance, malgré toutes les sottises des petits chefs, je m'en étais jusqu'à présent sortie saine et sauve. Peut-être avais-je joué avec la bonne dose d'insoumission, ou peut-être la domestication avait-elle planté ses griffes au plus profond de mes entrailles, sans que je m'en aperçoive.

Dans les deux cas, j'étais forcée de constater que, lorsque je n'étais pas d'accord, me montrer docile me demandait un effort contre-nature. Je jouais le jeu du politiquement *corporate*, du moins j'essayais, mais ce n'était pas moi. Je me rendais bien compte qu'il me fallait revêtir des vêtements qui n'étaient pas les miens, ces costumes de patriarche. Cependant, j'avais consciemment choisi d'entrer dans la danse, alors, pour ne pas blesser mon ego qui aimait bien trop le semblant de perfection, je continuais à danser. Tant bien que mal, même si parfois, ça faisait bien mal.

Même si le fameux programme de la semaine du bien-être était plus ou moins le même chaque année, le petit chef se félicitait des activités originales que nous proposions. Tradition oblige, cette année encore, on était gâtés, et ça faisait rêver. Je ressortis du bureau de la tour d'ivoire avec un faux sourire, un beau discours et de belles paroles sur ce bien-être hypocrite et je me consolai en me disant que, pour une fois, j'avais rédigé autre chose qu'un rapport barbant, ou pire, un compte rendu d'entretien de licenciement.

Oh, tout n'était pas si misérable. Certaines choses étaient agréables. J'avais quelques collègues que je considérais comme des amis, avec lesquels je baissais la garde. Ils me voyaient avec mon grand cœur, mes larmes, mon hypersensibilité, mes blessures et les jolis pansements baleine qui les recouvraient. Aux autres, je ne montrais rien. J'étais à leurs yeux la seule chose que je pouvais être, cette entêtée qui ne lâchait rien, jouant à la perfection le jeu du politiquement *corporate*, continuant à danser jusqu'à en avoir les pieds ensanglantés. Un peu comme docteur Jekyll et M. Hyde, j'étais tout et son contraire, sans savoir réellement qui j'étais.

Chapitre 17. Et l'amour dans tout ça ?

L'amour, ces jours-là, s'appelait M. Il n'avait aucun sens. Il était irraisonnable. Il était condamné au malheur, comme un chat noir ou un vendredi 13. Je l'avais connu à Paris, et il était de passage à New York. Il faisait partie de ces rares collègues à qui je m'étais montrée dans tous mes états. Quand il m'avait annoncé sa venue, j'avais hésité à le voir. La situation n'était pas simple. Même si nous avions terminé les choses à Paris, mes sentiments étaient toujours là. J'avais fait semblant de passer à autre chose, mais je mentais bien mal.

Heureusement, j'avais peu à mentir. D'une part, presque personne n'était au courant de notre idylle ; d'autre part, si d'aventure l'un des êtres détenant le secret me demandait si j'avais encore de ses nouvelles, je répondais que non, puisque c'était vrai. Enfin, en partie.

Nous nous envoyions très occasionnellement des messages qui prenaient des nouvelles en faisant semblant. Celui où le « ça va ? » cachait un « je pense à toi ». Mais comme, avec M., je ne savais pas me cacher, mon « ça va ? » était forcément doublé d'un redondant « je pense à toi ». De ces innocents messages occasionnels, les enjeux devenaient réels ; mais, pour une ribambelle de raisons, la réalité n'était pas possible entre lui et moi. Alors, sans ce professionnalisme de rigueur, même les messages occasionnels se faisaient rares.

Cette fois, il m'avait juste envoyé : « Je suis à New York. On se voit ? » sans « Ça va ? » J'hésitais. Dans le fond, on se faisait du mal autant qu'on se faisait du bien. C'était toujours bon de le voir. J'aimais passer du temps avec lui, mais même lorsque nous arborions cette amitié d'apparence, le temps n'était jamais innocent.

J'avais beaucoup lutté contre l'idée de l'aimer, mais il avait bien fallu me rendre à l'évidence. Je l'aimais contre tout bon sens, toute bienséance, toute convenance et toutes règles établies. Je l'aimais, malgré moi, envers et contre tous, un point c'est tout. J'acceptai alors la rencontre.

*

– Éloïse ?

Sa voix chaude et profonde me fit un petit sursaut au cœur. Heureusement, j'étais assise dos à lui, ce qui me donnait une fraction de seconde pour atténuer la mimique béate qui venait de s'inscrire sur mon visage. Mettre le masque, toujours faire semblant, avant de lancer un « hey » faussement détaché.

– Ça va ? Ça fait si longtemps, je suis content de te voir !

M. était très grand, il avait cette carrure propre au sportif qu'il avait été dans ses jeunes années. Il était toujours tiré à quatre épingles, il avait du charme et tout pour plaire, mais j'aimais surtout son regard bleu, si doux, dans lequel on lisait sa fragilité. C'était un être hypersensible qui se cachait derrière son apparence d'homme fort et protecteur. L'un comme l'autre, nous nous camouflions sous de jolies carapaces qui ne nous correspondaient pas. Je le trouvais très séduisant, mais il me semblait que ce n'était pas son apparence que j'aimais, mais son petit bout d'âme.

Il s'approcha de moi pour me faire la bise. Je posai ma main sur son épaule et la remontai dans sa nuque. Je me rendis bien compte que ces gestes étaient dangereux et qu'on n'étreignait pas lorsqu'on faisait la bise à la française, mais nous n'étions plus à Paris, le *hug*[2] était de coutume. J'avais donc le droit à la fois à un *hug* et à une bise, tout en sachant que les deux, couplés, ressemblaient beaucoup plus à une étreinte amoureuse qu'à un simple bonjour. Il avait toujours la même odeur, des notes de cèdre boisées accompagnées de la fraîcheur d'un agrume. Relevé par l'odeur de sa peau, ce mélange sensuel et mystérieux devenait addictif. J'aimais tant le respirer. Je resserrai ma prise. J'étais tout contre lui, sur la pointe des pieds, en équilibre, accrochée à son cou, je sentais le haut de son large torse tout contre ma poitrine, je sentais son ventre se crisper tout contre mon ventre. Il me serrait la taille, comme on n'étreignait pas une amie. Mon chemisier était légèrement remonté et son pouce, d'un mouvement mal assuré, effleura le creux de mes reins. Je laissai mes doigts s'enfoncer sur son corps et retrouver leur chemin, je n'avais pas envie de le lâcher, même s'il le fallait. Rien de tout ça n'était vraisemblablement normal. Alors, pour revenir à la morne normalité, d'un geste rapide pour ne pas me laisser le temps d'hésiter, je le libérai.

Il me sourit en rougissant, il semblait confus. Il avait un air d'adolescent pudique qui ne sait pas y faire avec les femmes. Il avait un charme qu'il ne maîtrisait pas. Je crois qu'il avait bien du mal à cacher les choses, ou plutôt, qu'il semblait très bien mentir par la parole, mais qu'il n'arrivait pas à maîtriser son corps. Les réponses physiques étaient évidentes, toujours les mêmes : il devenait pourpre, il plissait les yeux, troublé, une sorte de tristesse perçait dans son regard, et son cœur palpitait. Son propre corps le trahissait. Sur cela, il n'arrivait pas à mentir.

2. Accolade.

– Un café ?

C'était notre refuge. La pause-café qui dure parfois des heures, celle où l'on parle de tout et de rien, où l'on se confie, où l'on se cache des autres dans des petits recoins sombres, où l'on se rend compte que l'on a dépassé la relation formelle de collègues de travail, tout en ne sachant pas se positionner comme des amis. Celle qui est ambiguë.

– Oui, avec plaisir.

Tout était déguisé, rien de ce que nous nous disions n'avait d'importance. Nous pouvions parler hypocritement du travail, comme nous aurions pu parler des extraterrestres. Ça n'avait aucune incidence, notre véritable conversation était silencieuse et nous connaissions déjà sa fin. Nous savions depuis bien longtemps que quelque chose d'inexplicable nous unissait. Alors, nous nous défoulions dans ces conversations de comptoir qui n'avaient aucun sens, sinon celui de nous unir dans la seule union possible, le moment présent.

Nous avions appris à être sous contrôle, lui bien plus que moi, pour ne jamais nous retrouver dans des situations compromettantes. Nous pouvions nous voir au bureau lors de ces longues pauses-café, parfois déjeuner à l'extérieur, rarement prendre un verre le soir, et presque jamais nous retrouver seuls à la maison. Nous l'avions expérimenté quelques fois, mais il était alors bien trop difficile de s'en tenir à nos conversations de comptoir.

Un jour, à Paris, c'était arrivé. Il était venu dans mon petit appartement et nous nous étions aimés sans pouvoir nous retenir. Je me souviens encore de la chaleur de la pièce, de l'odeur de sa peau, du goût de son corps. Ce premier et unique acte fut terrible. Il eut lieu dans la nuit des attentats du 13 novembre 2015. Nous avions mêlé nos corps, nous nous étions accrochés à la fin du monde, comme s'il n'allait pas y avoir de lendemain.

Après ça, impossible de continuer à nous mentir. Il avait fallu regarder les choses en face et de façon rationnelle : nous étions voués à l'échec.

M. n'entrait pas dans ma vie et je n'entrais pas dans la sienne. Pendant quelque temps, j'avais essayé de croire au schéma traditionnel du mariage, chien, bébé et maison avec jardin dans la région de mon enfance. Petite fille, j'avais imaginé comme toutes les autres la robe blanche, les fleurs dans mes cheveux, le prince qui viendrait me sauver, un enfant, puis plusieurs. Mais en fait, rien. Je ne voulais rien de tout ça. Quand vint le temps d'entamer cette route toute tracée, j'étais déjà trop libérée de ce dogme pour le vouloir. Dans le fond, je crois que j'avais toujours su. On lutte un moment pour ressembler aux autres, surtout à l'adolescence, et encore un peu dans la jeunesse de l'âge adulte, surtout quand on est différent. On veut rentrer dans le moule du « comme tout le monde » pour se faire accepter, mais dans le fond, on sait.

Je crois que j'avais trompé M. sur la marchandise avec mon apparence si traditionnelle et mes déguisements *corporate*. S'il m'avait vue à nu, m'aurait-il aimée ? Mais, que je le veuille ou non, M. était dans ma vie, et je ne pouvais que lutter contre l'amour. C'était la seule solution.

L'issue fut de m'enfuir : c'était comme cela que j'avais atterri à New York quelques années auparavant, et que je me retrouvais ce jour-là, devant la même tasse de café, en compagnie de mon vieil ami, celui que je portais désormais tout le temps en moi, le vide.

Chapitre 18. Pansements baleine

Quand on me regardait, on ne voyait rien de tout ça. Tout ça, je le cachais sous mes jolis pansements aux motifs de baleines. J'étais en apparence plus forte que jamais.

Petite fille, ma mère m'avait assuré que les baleines illustrées sur mes pansements me protégeraient de tous les maux. « On place un pansement baleine sur le bobo, comme ça, on ne le voit plus et tout va bien ! », disait-elle. J'avais donc pris l'habitude de m'en recouvrir.

Combien de couches de pansements baleine allais-je encore être capable de porter ? Je n'en savais rien, mais mon armure s'épaississait sans cesse, et je sentais qu'elle deviendrait un jour trop lourde à porter.

Le problème, c'était que je n'étais pas née pour faire la guerre. Je n'avais aucunement besoin de m'ensevelir sous cette carapace, parce qu'au plus profond de mon âme, je ne désirais qu'une chose : vivre dans l'amour miracle dont mon grand-père parlait dans sa lettre.

Ne le désirions-nous pas tous ?

La lutte devait cesser.

Je devais abdiquer.

Chapitre 19. Transition

Les quelques mois qui suivirent furent une de ces périodes creuses, où tout semble aller, mais où rien ne va vraiment. Une période où l'on s'efforce et où l'on s'enfonce sans même s'en rendre compte, où l'on fait durer en sachant bien que quelque chose doit changer.

Puis le jour arriva où la carapace fut insupportable. Elle était devenue trop lourde, mais aussi trop étriquée, comme rétrécie au lavage. Mon travail me semblait inintéressant et rébarbatif. Les rushs pour lister-performer-rayer ne me procuraient plus aucun sentiment d'accomplissement. Le petit chef rapetissait à mes yeux de jour en jour, je ne voyais plus que sa détresse nauséabonde, qui le rendait détestable. Toute mon existence et les choses qui la constituaient étaient devenues minuscules, la plupart des gens autour de moi me semblaient perdus dans ce vide existentiel. Moi-même, je l'étais.

Il était clair que cette vie ne me convenait plus et que je voulais autre chose, mais je ne savais pas quoi. Les rêves d'enfant me semblaient bien lointains, et le chemin du cœur évoqué par mon grand-père s'avérait plus difficile à emprunter que je ne le pensais lorsque j'étais prise dans ma routine new-yorkaise. Par où commencer ?

Par habitude, je revenais encore aux « il faut » et « je dois », auxquels je m'étais toujours accommodée. Alors, l'intuition, celle qui aurait pu me guider sur une nouvelle route, m'avait lâchée, c'était du moins ce que je pensais. Je ne voyais plus rien depuis plusieurs semaines. Tout était blanc, vide, je me sentais perdue. Je comprenais son départ, car cela faisait des mois que j'avais ignoré ses signes. Je l'avais mise sous silence et elle était désormais muette.

Pourtant, elle avait livré bataille, elle avait essayé de m'aiguiller… Depuis que mon grand-père avait quitté son corps, je savais pertinemment qu'il y avait autre chose, que le chemin était dans l'amour miracle, mais je restais prisonnière de son adversaire le plus redoutable : la peur.

L'ennemi m'avait enchaînée pieds et poings liés et je ne savais pas comment m'en défaire. J'étais séquestrée par cette peur, incapable de crier à l'aide, de faire un geste, de ressentir quoi que ce soit. Alors, les belles choses qui étaient encore en moi, pour sauver leur peau, s'étaient échappées… Mon amie l'intuition m'avait quittée sans bruit et il n'y avait désormais plus que le silence du vide.

Chapitre 20. Le cavalier faucheur

Sleepy Hollow, État de New York,

lundi 3 septembre 2018

J'étais perdue dans mes pensées, en train de naviguer sur la route longeant la rivière Hudson, lorsqu'un bip d'alerte me ramena au moment présent. Le petit bruit strident indiquait que le passager avant gauche n'avait pas sa ceinture. Il pleuvait des cordes et l'eau formait de grosses flaques sur la chaussée. Dans la nuit noire, les éclairs illuminaient brièvement les sapins mouvementés. Ils défilaient rapidement, comme des spectres aux aguets. Les grondements du tonnerre se faisaient de plus en plus familiers. L'orage arrivait de Sleepy Hollow, que je venais de quitter.

Pour honorer le cycle, j'avais passé l'après-midi de mon anniversaire à errer entre les tombes, entourée par de gros arbres crochus aux branches tombantes qui semblaient vouloir attraper les passants. J'aimais le calme et l'énergie apaisante des lieux de repos éternel. Je m'étais perdue avec plaisir dans les dédales du majestueux cimetière, puis, lasse du chemin escarpé, je m'étais reposée, adossée à la tombe de Washington Irving, son livre *La Légende de Sleepy Hollow* à la main. Peut-être n'avait-il pas apprécié de partager sa couche, car j'avais maintenant l'impression que l'orageux cavalier faucheur de son roman grondait à ma poursuite. Il voulait ma tête.

Le bruit intempestif de l'alarme retentissait toujours, sans interruption. Mon regard se porta automatiquement sur le siège passager, même si je savais qu'il n'y avait personne. Soudainement, je fus envahie par une terrible angoisse. Les larmes montèrent et, en quelques secondes, des torrents de pluie s'abattirent sur mes joues. La sensation du vide pesant dans mon corps revint, intense, comme si, dans une dernière tentative de sauvetage, mon intuition se manifestait plus fort que jamais.

À ce moment précis, mon grand-père vint me parler. Sa voix, forte, retentit dans ma tête. Cette voix, qui était la mienne sans l'être, me disait de m'arrêter, de laisser passer l'orage. Le temps d'un éclair, je vis une image se dessiner : celle d'un accident où je perdais la vie.

C'était le signe de mon intuition, que j'avais tant attendu, ce moment auquel je devais réagir ou me déloger. Elle ne m'avait pas abandonnée. Le vide faisait partie du message, et j'avais le choix : l'écouter et changer de route pour de bon, ou mourir.

Ma réaction fut quasi immédiate. La délivrance était à portée de main. Mon pied droit enfonça la pédale du frein. Quelques secondes plus tard, le véhicule virevoltait de gauche à droite. Les roues semblaient ne plus toucher plus le sol. Tout glissait. Je ne savais plus bien si j'étais dans une voiture ou sur un navire. Au gré des vagues, je me cramponnai au volant, comme pour m'accrocher à la vie. Je ne voulais pas m'envoler, ce n'était pas l'heure.

Puis, rien.

Chapitre 21. La mise à nu

Je ne sus pas si c'était l'émotion ou le choc de ma tête contre la vitre qui m'avait fait perdre connaissance, mais je me réveillai abasourdie, sur le bas-côté de la route, bien garée près du fossé.

Quand j'ouvris les yeux, la nuit me sembla différente. Une pleine lune d'une belle couleur jaune or était apparue dans le ciel. Elle était basse, entre les sapins, et me semblait anormalement large. L'orage était parti. Il avait laissé derrière lui une fraîcheur qui me piquait subtilement la peau. Je supposai que mon absence avait duré plusieurs minutes. Le bip d'alerte s'était arrêté de sonner, mais j'entendais un bruit de cloches au loin, très loin, comme sorti d'un souvenir.

Je sortis du véhicule pour faire quelques pas et reprendre mes esprits. J'inspirai et sentis l'odeur de la forêt et de la terre noyée me remplir le ventre. Je découvris un arrière-goût d'eucalyptus caché dans ma gorge : il me rappela le sirop pour la toux que ma grand-mère me donnait, enfant. J'expirai lentement cet air au goût d'innocence.

Tout était léger, j'avais une sensation de flottement, comme si on m'avait délestée d'un poids, comme si j'avais été sauvée. Comme moi, la nature était calme après l'orage. Le message de mon intuition était arrivé, je l'avais perçu, je l'avais vécu, j'avais répondu, j'avais changé de direction. J'en avais fini avec la dictature de la peur, cela m'apparaissait comme une évidence maintenant : pour me sauver, j'allais tout recommencer.

Dans chaque moment, il y avait un nouveau commencement. Je choisissais ce moment.

On a parfois l'impression qu'il en faut beaucoup pour trouver le bon moment, celui qui marque la fin d'un cycle et le début d'un nouveau. Pourtant, ce moment peut être n'importe lequel : il suffit de le choisir.

Pour marquer ce renouveau, il me semblait important de me séparer de l'ancien, de me déshabiller de tout ce qui m'avait ensevelie jusqu'à présent. J'allais retirer les pansements baleine avec lesquels je recouvrais mes peines, les costumes de patriarche, la carapace de femme sûre d'elle que j'arborais en société. J'allais entrer dans mon corps, y creuser au plus profond pour rencontrer l'âme.

Si la mise à nu était une découverte, c'était aussi une mise à mort. J'allais tuer la norme que j'avais intégrée et qui me blessait, l'ouvrière intellectuelle, la domestiquée, la féminité travestie et le mensonge. J'allais laisser tomber le masque et faire exploser l'image.

J'allais mettre à mort une partie de moi : les faux-semblants.

Partie II

LE VOYAGE

Je ressentais la même excitation que celle, dans mon enfance, qui accompagnait les départs en vacances. Je me revoyais dans la vieille Citroën de mon grand-père, sur la banquette arrière en tissu bleu, assise toute droite sur l'accoudoir du milieu qui me servait de siège rehausseur, en ne cessant de lui demander : « Est-ce qu'on est bientôt arrivés ? » Il me répondait, à chaque fois, « on arrivera à temps ».

Et il était temps de m'éclipser pour découvrir ce que je cachais au fond de moi. Je partais pour un voyage introspectif, dans les profondeurs, je voulais qu'il me guide au centre de ma terre.

Mes yeux étaient encore fixés sur la lune érigée devant moi. Elle continuait son cycle et se montrait un peu plus lointaine et haute dans le ciel. La fraîcheur de l'air se faisait moins présente et le picotement qu'elle avait provoqué sur ma peau avait disparu. Je me réinstallai dans l'habitacle du véhicule, supportée bien confortablement par le moelleux du siège. J'entrouvris un peu la fenêtre afin de percevoir les arômes intenses de la forêt baignée d'eau. Le cocon m'enveloppait et je me sentais sereine en prenant la route du retour vers la maison.

Chapitre 22. Leçon 1. Rentrer à la maison

Le voyage,

jour 1

Avec ma spontanéité naturelle, je choisis d'intégrer une petite retraite animée par une certaine Janis. Elle proposait un voyage introspectif sur mesure, « une expérience au pays des rêves ».

Je n'avais pas étudié les détails du voyage, j'avais laissé mon amie l'intuition me guider. Je m'envolai donc pour la côte du Yucatán, près de Tulum, un endroit que je connaissais un peu pour y avoir passé des vacances quelques années auparavant. Je débarquai en fin d'après-midi, l'air était chaud et humide. La route depuis Playa del Carmen ne fut que terre rougeâtre et forêt exotique, si bien que je ne savais pas exactement où je débarquais. J'étais passée par quelques hameaux où étaient rassemblées des petites maisonnées, ainsi que des tentes installées sur le bord de la route qui semblaient laissées à l'abandon.

À mon arrivée, je fus accueillie par une petite fille aux grands yeux noisette et aux boucles rousses. Elle portait un déguisement de fée constitué d'un chapeau fuchsia, qui avait l'avantage de la protéger du soleil encore présent, d'une robe courte à froufrous de la même couleur, sur laquelle était apposée une étiquette avec son prénom, Lyn, et d'une baguette magique scintillante en forme d'étoile. Je souris de douce mélancolie, car je me souvenais avoir possédé le même accoutrement étant petite.

Elle ne devait pas avoir plus de sept ou huit ans ; il me parut très curieux de confier la tâche ardue de l'accueil à une enfant. Je m'attendais à ce que quelqu'un d'un peu plus âgé arrive à son secours, mais non. Très professionnelle, elle me salua en arborant un large sourire, un de ces sourires lumineux qui rendent la vie plus belle, puis, tout en sautillant, elle me conduisit à mon habitation sur un chemin de sable bordé de fleurs tropicales multicolores et de petites pierres. La mer devait être proche, car j'entendais le bruit des vagues s'échouant sur la plage.

Je questionnai la petite réceptionniste à ce sujet. D'une voix fluette, elle me répondit de manière énigmatique.

– Si tu le souhaites, alors oui, l'océan est proche.

Elle avait un petit zozotement qui rendait sa langue chevelue. Je trouvais le tout charmant. Je ne prêtai que peu d'attention à sa réponse équivoque et lui fis un sourire éclatant en retour.

Le centre, en pleine jungle luxuriante, était constitué de *lodges* individuels, construits sur pilotis. Chaque *lodge* était isolé et caché par la végétation. J'avais cette impression reposante de me retrouver complètement seule en pleine nature. Il me semblait d'ailleurs être l'unique occupante des lieux, car, à part Lyn, je n'avais croisé âme qui vive depuis mon arrivée.

Elle m'emmena à ma cabane, et j'empruntai un escalier de bois pour y monter. En entrant, je découvris une très belle décoration bohème : le sol était couvert de plusieurs tapis de jute, et de nombreux gros coussins colorés appelant à l'assise méditative entouraient un lit gigantesque et immaculé, avec des voiles légers de part et d'autre. Il y régnait une odeur de palo santo que j'aimais beaucoup. La pièce était vaste et devait sa sublime luminosité à une gigantesque ouverture donnant sur un large balcon, duquel on pouvait voir l'océan qui se roulait et se déroulait sur le sable, à quelques centaines de mètres.

Je mis un pied dehors afin de humer l'air iodé. Son odeur était mêlée à celle de la nature humide et des fleurs sauvages, c'était un délice. Je savourai cet air en prenant une grande inspiration, le parfum vagabondait dans mes poumons, dans mon ventre, dans ma gorge, dans mon crâne. Il tourbillonnait et venait tout embellir sur son passage.

C'est alors que j'aperçus au loin un Jack Russell qui courait à toute allure sur la rive, et que la parole de l'homme du banc de Central Park résonna en moi comme si elle avait été rangée dans un coin de ma mémoire pour ressortir au moment opportun, ce moment opportun. Enfin, j'en compris le sens. « Oui, je vais bien : je suis en vie et je respire », me chuchotai-je à moi-même. Un immense bonheur envahit mon cœur, j'étais à la maison.

Chapitre 23. Leçon 2. Inviter le plaisir

Lorsque je rentrai dans ma cabane, Lyn me questionna, de sa voix fluette et chevelue :

– Qu'est-ce qui te ferait plaisir ?

Le mot « plaisir » me fit un choc, car j'eus l'impression de ne pas l'avoir entendu ni utilisé depuis une éternité. Un petit mot si simple, mais si loin de moi. Le plaisir était devenu un concept lointain et compliqué. J'avais de plus en plus de mal à le ressentir. Pour que la question me semble moins complexe, je substituai le plaisir par l'envie du moment, concept que je trouvais plus simple, plus abordable. Ma première envie était de défaire ma valise, de prendre un long bain et de m'affaler dans ce lit de douceur qui n'attendait plus que moi. Du repos, c'était ce dont j'avais le plus besoin, certainement aussi ce qui me ferait le plus plaisir.

Tout en me laissant tomber sur le lit, je lui répondis :

– Je crois qu'une longue nuit au pays des rêves me ferait le plus grand bien.

Lyn esquissa un petit sourire malicieux. Elle avait ce je-ne-sais-quoi de boute-en-train qui faisait immédiatement sourire jusqu'aux oreilles. Elle pointa à l'aide de sa baguette le coin droit de la pièce, où se trouvait un bureau, prononça un « zi za zou » qui devait être sa formule magique, et s'en alla en sautillant sur la pointe des pieds. Je ne compris pas tout de suite son geste. Pour le décrypter, je m'avançai vers le meuble de bois clair. Un joli carnet, couleur coquille d'œuf et légèrement texturé, y était posé. Il était doux au toucher et me rappelait le papier buvard que l'on utilisait à l'école. Sur la couverture, il y avait de petites feuilles esquissées à la main et l'inscription « Livre des rêves » en grandes lettres noires. Je l'ouvris. Le carnet n'était pas vierge. Sur la page de garde, il était écrit : « Et si Morphée te portait secrètement conseil ? » Je tournai la page et découvris un texte manuscrit nommé « Sommeil sacré ».

Chapitre 24. Sommeil sacré

Le sommeil est un ami sacré.

Si tu le laisses venir à toi, il t'offrira le repos du corps.

Si tu le laisses te parler, il t'exposera la clarté des émotions.

Si tu le laisses te guider, il t'ouvrira la porte du monde de l'âme.

Alors, lorsque le noir arrive, laisse-toi envoûter par le marchand de sable.

Enlace Morphée, il te conduira au pays des rêves.

Garde la clé et explore l'autre monde.

Marche, cours, vole, dans le sommeil tout est possible.

Chéris-le, il t'apportera sagesse et connaissance.

Extrait du *Livre des rêves*
d'Éloïse Forestel

Chapitre 25. Leçon 3. Répondre à l'appel de la nuit

Je fis glisser les pages entre mes doigts pour y découvrir d'autres textes, mais la suite du carnet était composée de pages blanches. Je le reposai au centre du bureau de bois, comme pour ne pas déranger son repos, et me dis que la personne qui avait écrit ce texte savait exactement ce dont j'avais besoin. Il était vrai que, d'ordinaire, je ne m'autorisais pas pleinement le sommeil, tant j'avais intégré l'idée que c'était une perte de temps non productive. Pourtant, depuis toute petite, j'étais émerveillée par le sommeil et, intuitivement, il ne m'avait jamais paru être une perte de temps, au contraire. Il nous offrait le repos du corps en rechargeant l'organisme de nouvelles cellules, le repos de l'esprit et des émotions en calmant le système nerveux. Mais ce qui m'intéressait particulièrement, c'était le monde des rêves. J'aimais ouvrir la porte secrète et vagabonder dans cette autre réalité, qui me paraissait à bien des égards tout aussi réelle et importante que le monde de matière dans lequel nous vivions.

Je décidai d'écouter la sagesse du carnet : le voyage commencerait en essayant de ne pas culpabiliser pour mon repos et de réapprendre à vivre le sommeil comme un acte sacré. J'allais répondre à mon besoin, à mon envie, faire ce qui me faisait plaisir, sans contraintes. Dormir était la toute première chose que mon être réclamait quand il sentait vibrer le mot plaisir, dormir était donc le cadeau que j'allais m'offrir.

J'installai mes affaires dans la petite habitation, puis me fis couler un bain de mousse aux arômes de lavande. Je me détendis et me préparai au repos dans ce bain si relaxant. Je répondis ensuite à l'appel de la nuit en me glissant sous le drap de coton. Il caressait sagement ma peau nue et je me laissai peu à peu emporter par les songes.

Chapitre 26. Leçon 4. L'intention

Le voyage,

jour 2

Le chant des oiseaux et la brise dans les feuilles des arbres me réveillèrent aux premières lueurs du matin. Cette association était le plus beau des concertos. Il devait y avoir une multitude d'espèces, tant les chants, gazouillis et babillements étaient divers. À demi éveillée, j'écoutais attentivement cette nature dotée de parole, tout en songeant à ce que les oiseaux pouvaient se dire. J'imaginais le pélican s'extirper du sommeil, étirer une à une ses plumes et, tout en chantant de son gros bec, sortir de son nichoir en quête d'un petit déjeuner. Peut-être s'arrêtait-il en chemin pour saluer le balbuzard pêcheur qui s'adonnait à la même besogne, tandis que son voisin le moqueur polyglotte était bien trop occupé avec ses oisillons bruyants et chamailleurs. Je me levai et pointai le nez sur le balcon pour admirer cette nature en fête. Il y avait comme un goût de magie dans cet air déjà chaud et tout, absolument tout, me semblait possible.

J'étais impatiente de rencontrer Janis, la maîtresse des lieux, avec qui j'avais rendez-vous ce matin-là.

*

– Je t'en prie, entre, me dit-elle en affichant un sourire resplendissant.

Elle était assise sur un gros coussin de sol et se leva pour m'étreindre. Son geste familier me surprit un peu, mais je lui rendis la pareille. On se tutoyait naturellement. J'avais l'impression de la connaître, même si elle ne correspondait pas du tout à l'image que je m'étais construite d'elle. Peut-être était-ce parce qu'elle ressemblait beaucoup à Lyn, la petite fille qui m'avait accueillie la veille. Elles avaient les mêmes grands yeux noisette et longues boucles rousses et je me dis qu'elles devaient être mère et fille, ou bien sœurs.

Je m'avançai dans ce qu'il m'était difficile d'appeler son bureau. L'intérieur était très blanc, avec une décoration plus design que bohème. Seul le coin d'assise, constitué de coussins de sol et d'un gros canapé aux mille couleurs, se démarquait de l'ensemble épuré. Janis semblait beaucoup plus jeune que je ne l'avais imaginée et n'avait rien des clichés que l'on pourrait attribuer à un guide spirituel. Elle portait un short en jean très court et un large tee-shirt des Rolling Stones, vieilli et troué par endroits. Je remarquai une guitare posée dans un coin de la pièce. Cet air rock and roll était atténué par de larges lunettes rondes qui, si on ne voyait que son visage, auraient pu la faire passer pour une lycéenne première de la classe. Elle avait un visage de poupon à qui on aurait donné le bon Dieu sans confession. Il y avait quelque chose d'enfantin dans sa manière d'être, quelque chose que j'avais vu dans la petite Lyn. Pourtant, ses yeux d'un noisette captivant, qui tirait sur le vert au gré de la lumière, trahissaient cette apparence enfantine et dévoilaient la sagesse de mille vies. Elle était, pour le moins que l'on puisse dire, intrigante.

– Assieds-toi où tu veux. Je te sers quelque chose à boire ?

Elle avait la voix chaude et suave d'une chanteuse de *blues*, que je trouvais fort agréable. Je pris place sur un des gros coussins rouge et bleu, à côté du canapé aux mille couleurs qui avait attiré mon œil.

– Non, merci, lui répondis-je, même si j'avais un peu soif. J'aime beaucoup ton intérieur. C'est drôle, j'ai le même luminaire à la maison.

Je pointai du doigt une lampe blanche en forme de singe accroché à un arbre d'intérieur. Elle me répondit d'un gentil sourire. Elle me semblait très douce.

– Tu joues ? lui demandai-je en portant le regard sur la guitare.

– Oui, un peu. Dans une autre vie, je faisais de la musique… Alors elle m'a suivie ici.

Elle plissa légèrement les yeux. Son large sourire était resté figé et, ne sachant pas si je devais esquisser un petit rire ou si elle était sérieuse, je décidai simplement de lui adresser en retour un sourire éclatant aux yeux plissés.

Une fois que nous échangeâmes les première banalités sympathiques et que nous trouvâmes une position confortable sur le coussin de sol, elle me demanda la raison de ma venue. Je lui dis que mon intention était simple : me trouver. Un large sourire se dessina à nouveau sur son visage. Elle avait l'air malicieux de Lyn. Elle s'accroupit à genoux tout près de moi, me saisit la main comme s'il s'agissait d'un petit moineau que l'on veut protéger, la posa délicatement à plat au centre de mon thorax et me chuchota, de sa voix qui chantait le *blues* :

– Tu es déjà là, en toi, tu n'as pas besoin de partir à ta recherche, *love*.

Cette intimité me gênait un peu et je pris soin de respirer aussi furtivement que je le pouvais afin de garder mon immobilité, puis je reformulai ma réponse en interrogation, pour qu'elle ne soit pas fausse.

– M'apprivoiser ?

Elle me scrutait profondément, comme si elle voulait entrevoir à l'intérieur de moi. Je me sentais vulnérable. Elle relâcha ma main et je pus à nouveau respirer normalement, mais je sentais encore la marque de son toucher posée sur moi. Son sourire était au plus large et je vis apparaître quelque chose de joueur dans son regard.

– Penses-tu qu'il y ait un animal sauvage à l'intérieur de toi ? me demanda-t-elle.

Sa question généra un petit soubresaut, qui s'échappa de moi sans que je ne puisse le retenir. Je me dis secrètement que oui, il y avait probablement un loup indompté qui rôdait dans mon intérieur… Mais je me repris. À nouveau munie de mon interrogation, j'allais bien finir par trouver une réponse qui la satisferait…

– Me découvrir ? lui dis-je avec un sourire qui se faisait de moins en moins large.

L'idée, que j'avais bien du mal à exprimer avec les mots justes, était que j'avais ce désir d'introspection, cette envie de découverte, ce besoin de comprendre l'inexplicable en moi. Je lui dis que, même si ma vie semblait agréable et dans la norme, j'avais du mal à me sentir en accord avec moi-même et qu'une petite voix à l'intérieur me disait qu'il y avait autre chose, un autre chemin pour moi – hors norme. C'était ce que j'étais venue découvrir et c'était ce que j'entendais par « m'apprivoiser » ; c'était aller à ma rencontre, trouver la partie restée sauvage, indomptée. Je lui parlai aussi de la liste des rêves de petite fille que j'avais retrouvée quelques mois auparavant et de mon souhait de renouer avec le rêve. Je lui parlai du départ de mon grand-père, de sa lettre et du pays de l'amour qui m'était étranger. Je lui parlai du plaisir qui m'avait abandonnée et de l'envie de le retrouver. Je bredouillai encore quelques explications et, après de longues minutes d'une explosion de mots qui s'enchaînaient les uns à la suite des autres, je finis par me taire.

Janis me regardait toujours avec beaucoup de douceur. Elle me demanda de m'étendre de tout mon long sur le sol de coussins. En m'allongeant, je découvris au plafond un joli ciel bleu pastel rempli de petites étoiles lumineuses, exactement le même ciel que celui que j'avais confectionné avec mon grand-père au-dessus du lit de mes sept ans. Janis s'approcha de moi. Sans me toucher, elle fit glisser ses mains sur ma peau. Elle les arrêta au niveau de ma gorge, pour y rester plusieurs secondes. Une énergie incroyablement puissante et apaisante émana d'elle et me remplit, comme si les trous de ma passoire intérieure se comblaient un à un.

Je me sentais bien.

Chapitre 27. Leçon 5.
Écouter l'animal

Janis voulut creuser l'idée de cette partie de moi restée indomptée et me demanda quel animal sauvage se trouvait dans mon intérieur.

Je ris franchement à cette question que je trouvais farfelue, mais en voyant de petites lignes apparaître sur son front, qui lui retirèrent instantanément son air de poupon et firent glisser de quelques millimètres ses lunettes le long de son nez, je compris qu'elle était sérieuse. Alors, je lui répondis, en prenant un air conséquent :

– Depuis l'enfance, j'ai toujours été proche des chevaux et je ressens une connexion particulière avec cet animal. Mais lorsque tu m'as posé cette question précédemment, j'ai eu un flash, il s'agissait d'un loup qui rôdait. Et il y a quelque temps, je voyais toujours en rêve une chouette blanche aux yeux perçants.

– As-tu questionné les messages de tes animaux totem ? me demanda-t-elle.

Devant mon air inquisiteur, elle comprit qu'elle devait élaborer.

– L'animal totem est un symbole qui apparaît pour nous guider. Il se présente à nous pour nous apporter un message, nous apprendre quelque chose sur nous-même. Ces animaux totem sont des signes qu'il est intéressant de questionner, comme tous les signes qui se mettent sur notre chemin, d'ailleurs.

Elle jouait avec une petite amulette de lion, qu'elle portait autour du cou, lorsqu'elle capta mon regard. Je souris silencieusement. À vrai dire, je ne savais pas trop quoi lui répondre.

– Quel est le contexte dans lequel tu vois apparaître tes animaux, est-ce que des images spécifiques t'arrivent ?

– Mon cheval a une robe bai brun, il est libre et galope crinière au vent dans une immense prairie d'un vert chatoyant ; le loup, gris est solitaire, il rôde dans une forêt de clair-obscur ; et la chouette blanche de mes rêves me regarde fixement de ses yeux perçants.

Janis me toisait. Il y avait de la force dans son regard, une force presque, insoutenable qui m'aurait fait baisser les yeux, mais je la toisai en retour.

– C'est à toi de questionner leur message, *love*… Mais je peux te donner quelques pistes qui me viennent intuitivement : le cheval libre et galopant représente le plus souvent l'envie de liberté, les émotions fortes et les désirs passionnés. C'est que tu as une part très intense en toi et que tu as probablement besoin de renouer avec ta fougue, que tu as contenue derrière un gros cadenas. Le loup est un totem extrêmement puissant, qui représente une force indomptée. Cette puissance est en toi, tant dans tes côtés lumineux que dans tes côtés les plus sombres ; j'imagine qu'elle attend patiemment que tu viennes la conquérir. La chouette est un signe de forte connexion à l'instinct. Elle représente sans doute le besoin d'investiguer pleinement ta magie intérieure. Est-ce que cela résonne en toi ? me demanda-t-elle.

Oui, cela résonnait… Mais sans savoir pourquoi, je ne voulais pas tout lui dévoiler, alors je fis diversion.

– Et le lion, quel est son symbole ?

– Le lion fait face aux défis de la vie, dit-elle en cessant de jouer avec la petite amulette qu'elle portait autour du cou. Il surmonte les pires épreuves qui se présentent à nous.

Elle avait répondu avec un léger trémolo dans la voix, qui laissait entendre qu'elle avait eu à surmonter des choses difficiles dans son passé, mais qui n'avait pas eu à le faire ? Cependant, je regrettai d'avoir posé cette question, car un voile était apparu dans le regard de Janis et, avant que j'eusse dit quoi que ce soit, elle se dirigea vers la porte. Je sentis qu'il était temps pour moi de la laisser seule.

Chapitre 28. Leçon 6. Suivre le petit bout d'âme

Le voyage,

jour 3

Le lendemain matin, je m'aventurai dans la forêt. Je suivis le chemin de sable bordé de fleurs et de petites pierres, continuai le long d'une percée dans la végétation, puis me laissai guider par un cours d'eau. J'arrivai, au bout d'un énième sentier de terre rouge, à la bordure d'une jolie clairière.

Tout cela n'avait rien d'anormal, jusqu'à ce que j'aperçoive une chaumière blottie dans le creux des arbres. Cette chaumière était la réplique exacte de la chaumière aux nains, sur le chemin des falaises de Wissant sur lequel nous allions nous promener avec mon grand-père. Elle avait le même toit brun constitué d'une sorte de feuillage, les mêmes murs de chaux blancs décrépis, la même petite porte qui ne devait pas faire plus d'un mètre de haut à droite, et la même fenêtre aux volets bleu indigo à gauche. La chaumière aux nains était minuscule. Elle devait son nom à mon grand-père, qui s'amusait, lorsque j'étais petite, à me raconter que la chaumière était habitée par une mystérieuse famille de petites personnes ; pendant très longtemps, j'avais cru à la maison des sept nains.

C'était une étrange découverte, en pleine jungle mexicaine, mais j'étais forcée de constater qu'elle était bien là. Je me dirigeais vers la petite maisonnée lorsqu'une vieille femme en sortit. Elle me fit un geste de la main et s'avança vers moi. Je la saluai à mon tour et m'approchai au plus près, piquée par la curiosité, mais aussi afin de la questionner sur le chemin du retour.

Elle avait de longs cheveux blancs bouclés, et je fus saisie par la ressemblance de ses grosses lunettes et de ses yeux noisette avec ceux de Janis et de la petite Lyn. Malgré son apparence fragile, il y avait quelque chose de puissant dans son regard. Elle avait noué ses cheveux avec un foulard et portait une longue robe à fleurs qui lui donnait un côté très bohème, surprenant pour quelqu'un de son âge. La ressemblance avec Janis était frappante, et je me dis qu'il s'agissait certainement de sa grand-mère.

– Je pense m'être égarée, je viens de la retraite, lui dis-je. Je ne suis pas sûre de savoir comment y retourner.

Je me rendis compte à cet instant que je ne connaissais même pas le nom de l'endroit où je logeais, et l'angoisse de ne plus retrouver mon chemin grimpa dans ma gorge.

– Il s'agit de la retraite animée par Janis, lui dis-je.

Elle me sourit d'un sourire vaguement familier, bouche fermée, yeux plissés, et me répondit d'une façon énigmatique.

– Si tu le souhaites, alors tu retrouveras ton chemin.

Je me souvins des mots similaires prononcés par la petite Lyn, « si tu le souhaites, alors l'océan est proche » et me répétai en silence la phrase de la vieille dame. Était-ce si simple que cela ? Si je le souhaitais assez fort, le monde se façonnerait-il comme je le voulais ? J'écarquillai un peu les yeux, car tout cela me paraissait fort étrange. Faute de savoir quoi lui répondre, je passai à nouveau sur cette réponse équivoque et lui fis un petit sourire, un peu mal à l'aise. Je fis un petit de geste de recul et m'apprêtai à regagner le sentier de terre rouge, afin de retracer soigneusement mes pas, mais elle reprit d'une voix basse.

– Quand tu te sens perdue, questionne l'intérieur, là.

Elle s'avança vers moi, prit ma main comme s'il s'agissait d'un petit moineau que l'on veut protéger et la posa délicatement au centre de mon thorax.

– Le cœur connaît le chemin, me dit-elle.

Il s'agissait du même geste que Janis et surtout, des mêmes mots que mon grand-père. Ils résonnaient en moi, comme des ondes qui me parcouraient tout le corps, jusqu'à ce qu'ils atteignent mon petit bout d'âme. C'est alors que ce petit bout d'âme se mit à me parler. Il me fit questionner la peur de me perdre en chemin et me rassura : « Rappelle-toi, nous ne sommes jamais vraiment perdus, même dans les moments les plus sombres, le cœur connaît le chemin. »

Chapitre 29. Leçon 7. Se défaire des conditionnements

Le chemin ne fut pas difficile à retracer. De retour au centre, je rejoignis directement Janis pour notre deuxième rendez-vous. Je pris soin, cette fois-ci, de m'installer confortablement dans le canapé aux mille couleurs, jambes allongées, car la longue marche m'avait un peu fatiguée.

– Comment vas-tu aujourd'hui, *love* ? Est-ce que tu te plais ici ? me demanda-t-elle de sa voix chaude aux tonalités *blues*.

Elle tenait sa guitare d'une main et un crayon de l'autre. Une feuille sur laquelle elle avait dessiné des notes était posée devant elle. J'imaginai qu'elle était en train d'écrire une chanson.

– Oui, beaucoup, lui dis-je. L'environnement est étrange, presque magique, c'est assez envoûtant… C'est drôle, beaucoup de choses me rappellent mon enfance, me semblent familières, je ne sais pas comment l'expliquer.

Comme elle restait silencieuse, j'en dis plus encore.

– Et puis… j'ai fait une très belle balade dans la forêt ce matin. D'ailleurs, j'ai rencontré ta grand-mère, lui dis-je.

Janis me souriait avec bienveillance et vint s'asseoir en tailleur sur le bout du canapé où je me trouvais. Elle était vêtue d'un simple tee-shirt blanc très large, presque transparent, et ne portait ni maillot de bain ni sous-vêtements : je lui enviais cette liberté.

– Je suis contente que tu aimes l'endroit. Pour que tu puisses en profiter au maximum, je t'ai préparé un parcours sur mesure qui répond à ton intention d'introspection. Je pense qu'il te plaira.

Elle m'expliqua qu'elle allait agir comme une « conseillère de désorientation ». Le terme m'amusait. Elle avait imaginé ce qu'elle appelait un « programme de déprogrammation », et me proposait de me laisser guider.

– La meilleure chose pour que tu lâches prise est que tu ne connaisses pas le voyage dans les moindres détails. Tout ce que je peux te dire, c'est que tu vas partir à l'aventure du pays des rêves, investiguer les étoiles, libérer tes sens, aller à la frontière de l'impossible, renouer avec toutes les parties de toi, panser tes blessures, te défaire de tout ce qui t'empêche de retrouver la magie des petits bonheurs et te mettre sur le chemin de l'âme.

Elle avait dit tout cela d'une traite, presque sans respirer. La suite de mots me faisait un peu sourire. Je me disais que c'était un programme ambitieux pour une retraite de quelques jours seulement. Elle fit une pause et reprit.

– Cela te convient-il, *love* ?

J'étais certes venue ici en rangeant le besoin de contrôle au placard, en me laissant guider par l'intuition, mais il refaisait parfois surface, sortant de ce placard mal fermé. J'aimais avoir le contrôle de ma vie, être mon propre metteur en scène, alors je ne pouvais pas lui répondre par l'affirmative quand elle me demandait si le lâcher-prise me convenait. Certes, elle avait piqué ma curiosité, mais je ne voyais pas comment elle allait concrètement mettre tout cela en place… Comment pouvait-on aller à la frontière de l'impossible ?

Une partie de moi se disait que c'était abstrait et totalement illogique, mais une autre, curieuse, était tentée de s'envoler les yeux fermés.

– Tu ne penses pas qu'il est important d'avoir une vision claire pour se diriger ? lui répondis-je.

Elle me regarda droit dans les yeux, comme pour percer les miens, par-dessus ses lunettes qui avaient légèrement glissé. Elle avait cette franchise dans les mots et dans le regard, j'aimais cela.

– C'est vrai, mais pour cela, il faut d'abord recouvrer la vue. Pour le moment, tu marches avec les œillères du conditionnement, alors tu ne vois pas. C'est pour cela qu'il est préférable de rester dans le noir, car, si je te donnai dès maintenant tous les détails de ton voyage, comme ta vision est conditionnée, tu refuserais probablement l'expérience.

– Qu'est-ce que tu entends par une « vision conditionnée » ?

Elle se lança, d'une voix grave, dans un récit consciencieusement prémédité.

– Oh, nous ne sommes que des animaux en cage, *love*. Nous grandissons avec le poids de notre éducation, de nos croyances, de notre milieu socioculturel… nous avons été conditionnés à une certaine façon de voir le monde, à une certaine norme.

Je me dis qu'elle avait bien raison, et j'hésitai à ouvrir la bouche pour lui partager une anecdote de mon enfance, mais mon hésitation fut trop longue et elle ne m'en laissa pas le temps.

– Nous sommes comme le lion né en captivité qui, après ses quelques tours de cirque, rentre dans sa cage et tourne en rond. Même s'il n'a jamais connu la liberté, son instinct lui rappelle qu'il n'est pas à sa place. Nous sommes ce lion de cirque, domestiqué par la norme et les règles, enfermé dans la cage, condamné. C'est pourquoi il est important de questionner l'établi, d'écouter l'instinct, de renouer avec notre vraie nature et de sortir de la cage. En d'autres termes, de mettre fin à notre « vision conditionnée », notre domestication.

Au travers de la persienne, le soleil dessinait des faisceaux d'ombre et de lumière sur le mur blanc. Un de ces faisceaux traversait le visage de Janis, il faisait changer ses yeux de couleur ; ils étaient à présent d'un vert émeraude chatoyant. Sa crinière ondulée, d'un blond roux chaud éclairci par le soleil, envoyait ses reflets sur les murs. Un courant d'air la fit flotter de gauche à droite et je me perdis à imaginer le lion osciller en cage, au rythme des mouvements de la chevelure de feu.

Chapitre 30. Leçon 8. Dire stop aux préjugés

Je revins à la voix suave de Janis, qui continuait.

– La première chose que j'aimerais que tu expérimentes est de revenir à la maison en habitant pleinement ton corps. Il est important de le ressentir, de l'écouter, de lui parler, de le voir comme une entité à part entière. Je t'invite donc à partir à la découverte de ton corps. Prends le temps de le découvrir et de te connecter à lui comme il te semblera bon de le faire.

Cela me paraissait relativement simple, presque trop simple, même. Tous les ouvrages de développement personnel que j'avais lus commençaient par cette investigation du corps, je trouvais cela basique et sans originalité. De plus, je ressentais déjà cette connexion très forte au corps. Le mien me parlait depuis aussi loin que je pouvais m'en souvenir, même si je ne savais pas toujours déchiffrer ses messages. Peut-être était-ce la petite moue qui apparut soudainement sur mon visage qui la fit reprendre son explication, ou alors elle lisait dans mes pensées…

– Parfois, les choses les plus simples sont celles qui ont le plus besoin de notre attention, et ce, jour après jour. Ta connexion au corps est forte, mais tu verras qu'en l'investiguant davantage, tu découvriras de nouvelles choses.

Elle fit une pause pour me sonder et reprit :

– Est-ce que tu connais les réponses exactes de ton corps quand la joie arrive ? Ou au contraire, les sensations qu'il t'envoie quand la tristesse ou la colère prend place ? Est-ce que tu saisis la manière dont il te parle ? Si ce n'est pas le cas, il est important que tu apprennes le langage de ton corps et que tu saches utiliser cette boussole intérieure. Elle est un merveilleux outil pour aider à se diriger, tu verras.

Je plissai des yeux mécaniquement. J'étais intriguée, mais aussi un brin agacée et contrariée par sa réponse. Pouvait-elle à ce point lire en moi ? J'avais tant l'habitude d'être celle qui lisait dans les yeux des autres que son attitude, si semblable à la mienne, me déstabilisait. Et puis, si j'avais toujours aimé apprendre, je détestais par-dessus tout avoir le rôle de l'élève. Je compris aussi, à cet instant, que ce trait de ma personnalité appartenait probablement à la vision conditionnée dont Janis m'avait parlé, celle qui m'avait appris à me montrer parfaite, la meilleure, en toutes circonstances. Or, ici, aucune compétition ni attente de perfection ne pesaient sur moi.

– Tu comprends, *love* ? me dit-elle calmement.

Oui, je comprenais et je souris ironiquement en repensant à son intention de me laisser volontairement dans l'ignorance pour mieux me guider. L'ironie, la vraie, était que j'étais en train de tomber dans le piège des préjugés à la première invitation. Alors, je renvoyai mes pensées dans leur cage et me fis la promesse intérieure de me laisser guider sans préjugés aucuns, même si la consigne me paraissait trop simple ou hors-norme : tant que ce que Janis me proposait résonnerait en moi, je décidai de me prêter au jeu.

– O.K., comment me conseilles-tu de procéder ? lui dis-je en m'habillant d'un sourire radieux.

– À toi de partir à l'aventure comme tu l'entends. Il n'y a pas de bon ou de mauvais chemin, tu ne peux pas te tromper : l'important, c'est justement de t'écouter… Prends note de tes trouvailles, on en parlera ensemble demain. D'ailleurs, est-ce que tu as trouvé ton *Livre des rêves* ? ajouta-t-elle avec malice.

– Euh, oui… le petit carnet posé sur le bureau, c'est ça ?

– Oui, il est à toi. C'est ton *Livre des rêves*. Tu peux te référer à lui, lui poser des questions… il est là pour t'accompagner lors de ce voyage.

Chapitre 31. Leçon 9. Explorer le pays de rêves

Je me demandais bien comment un carnet pratiquement vide pouvait répondre à mes interrogations ; même si la question me semblait tirée par les cheveux, je m'aventurai à la lui poser.

– Parce que nous sommes au pays des rêves et que toutes les réponses sont là.

Elle avait répondu comme s'il s'agissait d'une évidence ; ça ne l'était pourtant pas pour moi. Je me dis que nous étions effectivement dans un endroit rêvé et que j'étais aussi là pour réveiller mes rêves de petite fille, mais je ne voyais aucunement le lien avec ce carnet. Elle reprit, en posant sur moi un regard examinateur, comme si la phrase qui allait suivre devait m'évoquer quelque chose.

– Il est tellement mystérieux, le pays des rêves.

Elle avait revisité la phrase de Saint Exupéry, « il est tellement mystérieux, le pays de larmes ». Il était vrai que le pays des rêves l'était tout autant. Mon regard scintillant suffit à lui exprimer mon approbation. Une grosse bourrasque de vent s'infiltra dans la pièce et fit flotter tous les voilages. Un petit frisson m'échappa et ma chair se mit à parler. Janis me sourit et reprit.

– Malgré de nombreuses recherches, personne ne sait encore exactement à quoi servent les rêves, mais les hypothèses abondent. Je suis de celles qui pensent qu'il y a beaucoup de sagesse dans cet autre monde. C'est un endroit où l'esprit rationnel est au repos, nous sommes donc libérés de nos croyances, de notre ego et, de ce fait, c'est un espace où notre intuition peut s'exprimer librement. Nous pouvons y recevoir les messages de nos guides, nous guérir de nos maux et parfois même accéder à la clairvoyance. Si tu te poses des questions et que tu as besoin d'être guidée, investigue tes rêves, c'est le meilleur moyen d'avoir des réponses.

J'aimais sa voix suave et guérisseuse. J'aimais l'énergie de cette pièce qui hérissait tous les poils de mon corps. J'aimais la brise qui me murmurait à l'oreille. J'aimais aussi ses mots, qui me confortaient dans mon envie d'explorer le pays des rêves.

– Et comment dois-je utiliser le carnet ? lui demandai-je.

Elle se leva, alla chercher un grand carnet pailleté et le brandit comme une épée, ce qui me fit doucement sourire. Les rayons du soleil faisaient scintiller les paillettes, qui reflétaient un arc-en-ciel lumineux sur les murs blancs. Elle me répondit d'une voix secrète :

– Voici mon *Livre des rêves*. Lorsque j'ai besoin d'être guidée, j'y note une question le soir avant de m'endormir, et je la confie à la sagesse du sommeil. Au réveil, j'écris le rêve dans lequel se trouvait la réponse. Il se peut qu'elle ne vienne pas tout de suite, ou que les rêves ne fassent pas immédiatement sens, mais dans un rêve ou un autre, elle s'y trouvera.

Chapitre 32. Leçon 10.
Le sens du rêve

Des rêves, j'en recevais en pagaille, mais j'avais souvent la sensation de me réveiller dans un labyrinthe de songes incompréhensibles. Comment, alors, en extraire de la sagesse ou des réponses ? Janis reposa son *Livre des rêves*, revint s'asseoir à mes côtés et reprit :

– La première chose que tu dois savoir, c'est de ne pas chercher à intellectualiser les rêves, *love*. Il est important de les lire sous le prisme de l'intuition, dans un espace de connaissance plus large que toi-même.

Elle avait fermé les yeux et posé ses deux mains au centre de son thorax. Je l'imitai en fermant mes paupières.

– Lorsque vient le réveil, n'ouvre pas tout de suite les yeux, attends patiemment dans l'espace du hors temps que les images remontent à ta vue et, lorsqu'elles s'offrent à toi, écris dans ton carnet les paysages, les personnes, les mots, les sons, tout ce qui se présente à toi. Note tout cela sans l'éditer, comme cela te vient, même s'il n'y a pas de sens rationnel à ce que tu écris.

Je l'écoutais studieusement, captivée par ses secrets.

– En pratiquant l'écoute, tu te rendras compte qu'il y a plusieurs sortes de rêves. Les deux types les plus fréquents sont les rêves émotionnels, qui nous permettent d'apaiser nos émotions et de nous guérir de nos maux, et les rêves intuitifs, qui sont porteurs de messages et de sagesse. Le rêve émotionnel se distingue par les émotions fortes qu'il nous procure, qu'elles soient positives ou négatives, alors que le rêve intuitif arrive comme une évidence, une connaissance plutôt neutre.

Le chant de sa voix me berçait, il m'apaisait et je n'avais aucunement envie de l'interrompre, mais il me fallait lui poser la question.

– En fait, je me souviens assez facilement de mes rêves, lui dis-je, mais la chose avec laquelle j'ai plus de difficultés, c'est de comprendre leur sens. Comment trouver leur signification ?

– Eh bien, lorsque tu as transcrit ton rêve, relis-le et questionne-toi dans un premier temps : est-ce un rêve émotionnel ou intuitif ? Est-ce qu'il porte un message évident de ton intuition ? Ensuite, interroge les symboles de ton rêve : quels sont-ils ? Place-toi à l'intérieur de chaque symbole : que vois-tu ? Que ressens-tu ? Quel est ton but ? En tant que symbole, as-tu un message à apporter ? As-tu une raison d'être ? Il y a tant de façons de faire… Sois assurée qu'en expérimentant, tu trouveras la tienne.

Tout ce qu'elle venait de me dire résonnait profondément en moi et j'étais impatiente de voyager dans le sommeil pour mettre en pratique ces techniques. Elle se leva et reprit d'un ton plus vif.

– Mais pour l'heure, pars investiguer ton corps. Goûte-le, *love*. Prends le temps de le redécouvrir, d'apprendre à l'écouter et de te connecter à lui comme il te semblera bon de le faire.

En rentrant dans ma chambre, je m'avançai vers le petit bureau où était encore posé le *Livre des rêves*. Une brise de mer entra doucement et les carillons à vent de mon balcon jouèrent de leur belle musique. L'instant était magique. Je pris place sur le fauteuil qui faisait face au bureau et j'ouvris le *Livre des rêves* en le manipulant avec attention. Lorsque je tournai la deuxième page, j'y découvris un nouveau texte intitulé « Corps sacré ».

Chapitre 33. Corps sacré

Investigue le corps

Comment s'exprime-t-il ?

Utilise tes sens

Regarde-le

Écoute-le

Sens-le

Touche-le

Goûte-le

Aime-le

Nourris-le

Donne-lui du plaisir

Imagine-le comme un être séparé de toi

Puis, reviens dans le corps

Questionne-le, de quoi a-t-il envie, maintenant ?

Extrait du *Livre des rêves*
d'Éloïse Forestel

Chapitre 34. Leçon 11.
À la frontière de l'impossible

Je ne savais pas d'où le texte arrivait. La veille, cette même page était vide. Le livre n'avait pas bougé, il était resté bien sagement au centre du bureau.

Le vent redoubla de force et les carillons du balcon se balancèrent dans tous les sens, si bien que leur jolie mélodie devint une cacophonie. L'obscurité s'abattait sur les lieux et j'allumai une grosse lampe qui se trouvait à côté du bureau. Elle inonda la pièce d'une lumière jaune orangé, comme volée au coucher du soleil.

Tant de choses m'échappaient ces derniers jours. Le temps me paraissait distordu. Je pensais aux nombreux détails que j'avais cru perdus dans les souvenirs, mais qui réapparaissaient comme par magie dans cet environnement, d'une manière plus qu'improbable. La chaumière aux nains de ce matin m'avait particulièrement interpellée. Et puis, je n'avais croisé aucun autre occupant du centre, absolument personne, mis à part Janis, Lyn et la vieille femme. C'était pour le moins étrange.

Les carillons hurlaient. Le vent avait encore gagné en force et faisait claquer la porte mal fermée. Je devinais à présent un étrange blizzard à l'extérieur de ma cabane. Il me sembla que c'était un vent glacial du Grand Nord, celui que je connaissais à New York, mais il ne faisait pas froid à l'intérieur. Je vis quelque chose tourbillonner dehors. C'était peut-être du sable. Non, ça ne pouvait pas être de la neige… Pourtant, comme si mon corps me répondait, je me mis à frissonner. Tout cela n'avait pas de sens, et le plus étrange était que ça ne me paraissait pas si étrange que ça. Était-ce probable ? Non… Était-ce possible ? Il me semblait que oui… Étais-je à la frontière de l'impossible ? Certainement.

Mes yeux se portèrent à nouveau sur le *Livre des rêves*, sur cette page jonchée de mots. Bien qu'abstrait, ils me donnaient un point de départ pour investiguer le corps. Je relis à voix haute les quelques lignes qui résonnaient à l'intérieur et il me sembla que, même si je ne connaissais pas la provenance de l'ouvrage, je pouvais profiter de sa sagesse. Pour le reste, si je me laissais porter par l'envie, comme Janis me l'avait dit, je ne pouvais pas me tromper. Le blizzard commençait à s'infiltrer dans mon intérieur, attaquait les voilages cloués au plafond, et de petits grains de sable s'amassaient au sol. Non, ce n'était pas du sable, c'était bien de la neige. Afin de contenir la tempête à l'extérieur, je me précipitai pour clore la porte et me retrouver dans l'intimité de ma chambre, seule, avec mon corps.

Chapitre 35. Leçon 12.
Libérer les sens

Je commençai par me tenir devant le grand miroir posé à même le sol. Il portait les marques du temps et reflétait une image passée. Je regardai ce corps. Le voile de coton blanc brodé qui le couvrait laissait transparaître mon maillot de bain aux couleurs tropicales. Je décidai de le mettre à nu en enlevant un par un les bouts de tissu qui le recouvraient. Lorsqu'il fut dégarni, je posai mon regard sur lui en étudiant ses moindres replis.

Je le trouvais beau. De toute façon, je n'avais que lui, alors j'avais appris à l'aimer, tel qu'il était. Le rejet du corps m'avait toujours semblé étrange, car nous ne pouvions pas changer d'enveloppe si facilement, alors se battre contre lui me semblait peine perdue. Et puis, au plus profond de moi, j'avais toujours eu le sentiment que, quelque part, j'avais choisi ce corps

Il portait quelques marques des décennies passées : des taches de soleil, des blessures et des cicatrices. Il avait ses rondeurs, ses vallées et ses creux. Je m'attardai sur ses poils, ou leur absence dans certaines zones où, pour une raison ou pour une autre, je m'efforçais encore de les exterminer, répondant à cette norme qui m'avait façonnée.

Plus je passais du temps à le regarder, plus je me disais que je ne le voyais pas vraiment. Je n'en apprivoisais que la surface, alors que mon corps était aussi un intérieur. Comme je ne pouvais décemment pas m'ouvrir en deux, je m'appliquai à regarder ce que je pouvais voir en transparence. Ma peau laissait apparaître des vaisseaux rosâtres et des veines bleutées.

Je me concentrai ensuite sur ce que j'imaginais être à l'intérieur. Pour faciliter l'écoute, j'allongeai mon corps nu sur le lit et je fermai les yeux. Je ressentais mon cœur battre, mon sang circuler, mon corps bouger et vivre de l'intérieur. Je pris le temps de le détailler des pieds à la tête, de l'intérieur à l'extérieur, en marquant une pause sur chaque partie. En partant de mes orteils, je parcourus en pensée le labyrinthe corporel par l'intestin, l'estomac, les poumons, la cage thoracique, la gorge, les bras, les coudes et les mains. Je m'arrêtai plus longuement au niveau du ventre, du cœur et du troisième œil, en visualisant l'énergie des espaces. Je repensai à un joli souvenir pour écouter la réponse qu'il provoquait dans mon corps. Je ressentis une sorte d'expansion dans le cœur, comme si ma cage thoracique s'était agrandie. Il y avait une énergie dans ma gorge et quelque chose dans mon ventre, comme un petit bourdonnement agréable. Je décidai d'appeler cette sensation « jolie joie » et me dis qu'elle serait ma boussole.

Pour ressentir encore plus cet intérieur, je décidai de nourrir mon corps. Je me redressai et me saisis d'une belle mangue qui semblait attendre, dans la corbeille qui gisait sur la table de nuit. Je l'épluchai et mordis dans la chair à pleines dents. Elle était juteuse, le liquide coulait à l'intérieur de moi en suivant la longueur de mon œsophage. Quelques gouttes s'étaient échappées à l'extérieur, elles se promenaient près de la commissure droite de ma lèvre inférieure, atteignaient mon menton et s'échouaient sur ma poitrine.

Le jus s'était aussi frayé un chemin le long de mon poignet et je remarquai que des grains de sable étaient restés collés à ma peau. Ils s'étaient cristallisés au contact du jus. Plusieurs odeurs se mêlaient. Je retrouvai les traces de mangue et du sel de mer, mais aussi une odeur de fleurs des montagnes, probablement celle de la crème de corps que j'avais appliquée le matin même. Je portai mes doigts à ma bouche afin de les goûter, je léchai en remontant sur mon poignet. La peau avait ce goût de sucré salé cristallisé.

Je décidai d'en nettoyer la surface. Je me fis couler un bain et me glissai dans une eau douce et transparente. J'avais toujours eu l'impression que le bain ressourçait en profondeur, que l'eau avait cette propriété apaisante magique. Elle effleurait ma peau délicatement. Les petites vagues caressaient mon corps, allant jusque dans ses moindres replis. Elles le travaillaient au corps. Je sentais le plaisir monter en moi et, peu à peu, je perdis pied. Dans ce corps à corps, le corps et moi ne faisions plus qu'un, l'apogée de la rencontre était proche.

Chapitre 36. Leçon 13. Expérimenter la connexion

Le voyage,

jour 4

À l'aube du quatrième jour, Janis me donna rendez-vous sur la plage. Il était six heures du matin et les premiers rayons commençaient à pointer. L'étrange blizzard de la veille n'était plus qu'un souvenir. Lorsque j'arrivai, Janis était déjà là, en tenue d'Ève. Elle était uniquement coiffée d'un chapeau de paille qui s'effritait sur les bords. Je remarquai qu'elle ne portait pas les grosses lunettes qui lui donnaient cet air de jeune fille et elle me parut plus âgée. Ses longs cheveux reposaient sur ses épaules. Elle était belle, libre, dévêtue de tous les codes qui exigeaient une tenue correcte. J'aurais tant aimé avoir sa liberté.

Elle me demanda de m'asseoir sur le sable. Il était frais, moelleux et confortable. Je fis glisser les petits grains entre mes doigts. L'aube nous enveloppait de sa tendre brise, les vagues nous berçaient les oreilles, l'eau venait nous chatouiller les pieds et le soleil commençait doucement à réchauffer les parties nues de notre peau. Nous étions assises, silencieuses, face à la beauté de l'univers, à l'éveil de nos sens. Après quelques minutes de mutisme, Janis décrocha les premiers mots de la journée.

– L'exercice du jour porte sur l'harmonie. Je t'ai fait commencer par le corps, car je voulais que tu te connectes aux sens. Je veux maintenant que tu utilises tes sens pour te connecter au reste du monde. Pour cela, j'aimerais que tu expérimentes les éléments, air, eau, terre et feu, mais aussi les vivants, les végétaux, les minéraux, les animaux et les humains.

Je restai perplexe quant à la consigne et lui demandai si elle avait quelques indications plus exactes à me fournir pour comprendre comment faire.

– C'est simple, *love*, tu es déjà en train de l'expérimenter Tu es assise sur la terre, ressens son énerge monter en toi. L'air du vent te frôle de sa légère brise, écoute ce qu'il a à te dire. L'eau de l'océan te caresse les pieds, profite de sa douceur apaisante. Le feu du soleil te réchauffe les os, goûte l'odeur qu'il laisse sur ta peau. J'imagine que tu perçois comme moi le chant des oiseaux, qu'une odeur de fleurs tropicales te tapisse les narines et tu ressens l'énergie qui se dégage de moi, comme je suis proche de toi, me dit-elle en posant sa main sur mon épaule. L'idée est que tu prennes conscience de l'harmonie dans laquelle nous vivons avec tous les éléments qui constituent notre univers. Souvent, nous n'y prêtons pas attention, alors que nous entretenons avec eux une relation quotidienne et qu'ils nous parlent…

Janis déposa un petit baiser sur ma joue et s'en alla. Nous ne nous connaissions que peu ; pourtant, elle avait des gestes tendres envers moi, comme si nous étions des amies de toujours. Ma logique trouvait cela un peu déstabilisant, mais quelque chose à l'intérieur me disait que je la connaissais depuis bien longtemps.

Je restai quelque temps assise sur le sable afin de méditer à la connexion. Tout était là, je n'avais pas besoin de partir plus loin afin de l'expérimenter : l'eau, le feu, la terre, l'air, les animaux, les végétaux… Je profitai de ce moment pour me mêler à eux. Janis m'avait dit de me laisser porter par les éléments, de les écouter de les laisser me parler… J'entendis la voix de mon grand-père résonner : « Écoute ce que le vent te chuchote. »

Chapitre 37. Leçon 15. La peur de l'ombre

Après ma méditation, je décidai de partir explorer la rive. Il n'y avait que l'océan, le sable et la jungle à perte de vue. Le ciel était d'un bleu éclatant, sans nuage, et seule la boule de feu et quelques oiseaux s'aventuraient dans sa perfection. Je marchais tout au bord de l'eau, elle venait de temps à autre rafraîchir mes pieds assoiffés par le sable brûlant. De l'autre côté, la jungle aux couleurs vertes et chatoyantes me semblait impénétrable et je m'étonnai de la virginité de ces kilomètres de côte. J'en profitai pour chanter à pleine voix, il y avait si peu d'espace sur terre où l'on pouvait encore s'égosiller librement, sans regard ni jugement !

Mon grand chapeau de paille me protégeait du soleil, qui était à présent cuisant. Je levai les yeux vers le ciel et me rendis compte qu'il était presque à son zénith. J'avais encore perdu toute notion du temps. Je m'apprêtais à rebrousser chemin lorsque je fus prise d'une sensation d'inconfort. J'eus la soudaine impression d'être observée, et me dis que mes vocalises avaient peut-être rameuté des animaux, alors je continuai en silence. J'essayai de me défaire de l'inconfort, mais il persistait. Je scrutai les alentours, mais il n'y avait personne. Mon regard se fixa sur la barrière de jungle, qui me parut alors menaçante. Le danger pouvait venir de ces montagnes de verdure où personne ne mettait les pieds, au risque de ne plus en sortir.

De gros nuages grisonnants aux formes de dinosaures étaient apparus dans le bleu éclatant du ciel. Il avait un orage dans le ventre. Je pressai le pas pour rentrer au centre, forcée par un je-ne-sais-quoi de lancer des regards furtifs derrière mon épaule. Il n'y avait rien. Mon imagination, toujours plus inventive, était peut-être la seule coupable, mais le sentiment à l'intérieur de moi, cette chose qui me prévenait d'un danger, était bien là. Alors, je me hâtai encore, courant presque, en me retournant en catimini toutes les cinq ou six enjambées.

Il était certain que ce sketch en aurait fait rire plus d'un si je n'avais pas été seule, mais la scène que j'étais en train de vivre ne m'amusait pas, au contraire : je commençais à être terrorisée. J'étais seule sur cette plage au ciel sombre et à la jungle menaçante, le centre de Janis n'était pas en vue, je n'avais rien pour me défendre, ni les outils ni la force pour le faire, et maintenant, j'étais prise d'un point de côté qui me forçait à ralentir le rythme. Peut-être était-ce mon hyperventilation et le manque d'oxygène qu'elle engendrait, mais en me retournant une énième fois, je vis une ombre disparaître dans la jungle. Oui, une ombre me poursuivait.

Je me mis à courir à grands sauts de gazelle, tant pis pour le point de côté qui me perçait l'abdomen. L'ombre me pourchassait, elle était là, cachée dans les feuillages, je la voyais me traquer en talonnant le moindre de mes pas. Cette plage de rêve était en train de se transformer en cauchemar. Était-ce un homme ? Était-ce un monstre ? Était-ce un spectre ? Était-ce juste une ombre ? Je n'aurais su le dire. J'avais bien trop peur de regarder la chose en face.

Le ciel, empli d'énormes nuages qui mangeaient à présent toute sa surface, était de couleur anthracite, et je cavalais toujours.

Le sable s'était ramolli, il devenait difficile à parcourir. Le point de côté s'était propagé jusque dans ma poitrine, et me lançait des coups de couteau. Ma gorge asséchée était brûlée par mon souffle court. J'avais l'impression d'avoir avalé des kilomètres de sable et mes jambes commençaient à me lâcher. Je ne savais pas combien de temps encore j'allais pouvoir tenir ce rythme effréné. Enfin, je vis apparaître le centre, la délivrance. Il était à portée de jambes, et plus j'avançais dans sa direction, plus l'ombre semblait se laisser distancer. Je me retournai une dernière fois : elle avait disparu.

En arrivant sur la plage du centre, je vis Janis au loin. Je lui fis un petit signe, comme un S.O.S. lancé dans le vent, et elle s'avança vers moi. Elle m'examina avec des yeux anormalement larges. La frayeur devait transparaître sur mon visage. Pour qu'elle comprenne ce qu'elle lisait dans mon regard, je lui racontai ma mésaventure. Elle jeta un coup d'œil au ciel anthracite, pensive. Entre le blizzard de la veille et cette noirceur, je m'étonnai que le temps soit si changeant et, à en juger par les yeux de Janis rivés au ciel, elle devait trouver cela tout aussi étrange.

– Le ciel était si bleu, ce matin, lui dis-je. C'est bizarre que le temps soit si changeant, est-ce que ça arrive souvent ?

Elle me sourit tendrement et détourna le regard du ciel sombre.

– Ça dépend de qui est là, *love*, mais ne t'en fais pas, le beau temps reviendra.

Chapitre 38. Leçon 16. La légende de l'attrape-rêves

Ce soir-là, Janis m'avait invitée à une veillée autour du feu. Sur la plage, la nuit était douce et enveloppante, les nuages avaient disparu et la course-poursuite avec l'ombre était loin de moi. Je m'installai sur un des gros coussins disposés au sol et me sentis immédiatement captivée par l'énorme feu qui dansait devant nous.

– Je t'ai conviée pour te raconter la légende de l'attrape-rêves, me dit-elle.

Elle tapait doucement sur un petit tambour chamanique qu'elle serrait entre ses cuisses. Ce battement régulier venait compléter les crépitements du feu. Les larges feuilles des palmiers frémissaient sous la légère brise et des cris de chouette retentirent au loin. De sa voix qui délivre les secrets, Janis se mit à conter l'histoire.

– L'histoire que je vais te raconter vient des natifs américains, plus particulièrement de la tribu des Ojibwés. Elle remonte au temps où le monde était encore jeune. C'était un temps où les animaux parlaient encore aux humains et une grand-mère de la tribu, Nokomis, partageait son tipi avec une petite araignée. L'araignée avait tissé sa toile juste au-dessus de l'endroit où Nokomis dormait. La grand-mère la regardait agrandir sa petite toile nuit après nuit. Un jour, le petit-fils de Nokomis vit l'araignée au-dessus du lit.

Il cria de dégoût et voulut la chasser, mais sa grand-mère retint son geste. Le petit garçon ne comprit pas pourquoi Nokomis protégeait l'araignée, une créature qui était pour lui insignifiante, et il s'en alla, perplexe.

Janis se leva et ajouta quelques branches dans le feu, ce qui intensifia ses crépitements. La danse des flammes libres et insoumises reprit de plus belle. Celles-ci dessinaient des formes jusque très haut dans le ciel et j'imaginai Nokomis et l'araignée prendre vie au cœur du brasier.

– Quand le garçon fut parti, l'araignée remercia Nokomis de sa protection et lui offrit en retour un cadeau. « Je vais tisser une toile magique qui te protégera des mauvais rêves, elle partira de ton lit et ira jusqu'à la lune. Je laisserai un petit trou au milieu de la toile, pour que les jolis rêves arrivent à toi, alors que les mauvais resteront coincés dans les fils de soie », dit l'araignée. C'est ainsi qu'est né l'attrape-rêves, qui capte les songes envoyés par les esprits, conserve les belles images de la nuit et protège des mauvais rêves…

Elle avait prononcé ces paroles d'une petite voix aiguë, qui cherchait à imiter le timbre de l'araignée si elle avait pu s'exprimer. J'avais l'impression qu'elle racontait son histoire à une enfant de sept ans. Elle tapait encore tout doucement sur le petit tambour chamanique. Le rythme hypnotisant de l'instrument me fit décrocher de ses paroles et plonger tête la première dans le souvenir. Je me remémorai un épisode de l'enfance où ma mère nous avait fait partager la salle de bains avec une petite araignée, pendant un hiver de grand froid. Elle l'avait laissé vivre dans sa maison de toile au-dessus du lavabo et ne l'avait mise dehors que lorsqu'étaient venus les jours plus cléments. Je me souvins que, ce même hiver, le cerisier devant le château des Crobois avait été foudroyé. Ma mère avait pleuré son arbre comme on pleure un mort. J'aimais l'empathie de ma mère envers les animaux et les végétaux, je la trouvais si juste. La légère brise avait tourné et l'odeur du feu qui venait envahir mes narines me fit revenir à moi.

– Symboliquement, cette légende amérindienne nous sensibilise à plusieurs choses, dit Janis. Au respect des animaux et de la nature, à la vie en harmonie avec eux, mais aussi à ce qu'ils peuvent nous apprendre et comment invoquer leur force et leur sagesse.

Chapitre 39. Leçon 17. Faire face au cauchemar

– Pour filtrer les mauvais rêves, *love*, tu peux invoquer l'énergie protectrice de la toile d'araignée comme le font les Ojibwés.

Elle saisit un petit attrape-rêves artisanal confectionné en macramé et me le plaça entre les mains. Il avait une perle en son centre et de jolies plumes sur ses extrémités. Je repensai à la course-poursuite avec l'ombre et aux rêves effrayants que je faisais depuis l'enfance, dans lesquels une chose me traquait.

– Je ne considère pas l'objet comme magique, me dit Janis. C'est la pensée de protection que tu places en lui, l'énergie que tu donnes à l'objet, qui lui donne de la force et qui empêche les mauvais rêves de t'atteindre.

– Et que faire si le cauchemar arrive quand même ?

– Si le cauchemar arrive, c'est qu'il est là pour t'apprendre quelque chose.

Elle eut une hésitation, posa son tambour chamanique comme si notre conversation sortait de la légende et entrait dans le réel.

– Les mauvais rêves ne sont pas forcément mauvais, *love*... Et lorsque nous bravons la peur, elle perd toute sa substance.

– Donc, si une chose me poursuit, tu es d'avis que je l'affronte ?

– Je suis d'avis que tu te retournes et que tu la regardes droit dans les yeux. Questionne-la : qui est-elle ? Que veut-elle ? Fais face à la peur, à la bête, au monstre, à l'ombre ou à l'homme que tu fuis, ce symbole a quelque chose à te dire.

Elle fit une pause, déglutit et reprit.

– *Love*, si tu ne le fais pas, le monstre sous le lit revendra te hanter encore et encore.

Le bois, qui pétillait jusqu'à présent, se lança dans une pétarade infernale. Un frisson me traversa le corps et Janis posa sa main sur mon bras. Je sentis qu'elle voulait me rassurer.

– Ce n'est qu'un rêve, il ne peut rien t'arriver.

Elle se remit à jouer de son petit tambour chamanique. Le rythme était si apaisant, si envoûtant, qu'il résonnait dans tout mon corps.

– Et si je suis paralysée ? Si je n'arrive pas à me retourner et à lui faire face ? Ça m'arrive assez souvent dans les mauvais rêves…

– Tu as toujours le pouvoir de dire non aux mauvaises énergies et de les renvoyer d'où elles viennent. Tu as le pouvoir dans le rêve, tout comme dans la réalité. Et au réveil, lorsque tu te trouves dans l'entre-deux-mondes, cet espace où tu es presque réveillée, mais où tu as encore les images en tête, questionne cette peur. Que veut-elle te dire ? Que veut-elle t'apprendre ?

Elle chantonnait ses phrases, comme elle l'aurait fait avec les paroles d'une musique rythmée par son petit tambour, de plus en plus douce, de plus en plus basse, jusqu'au silence.

Je rentrai de la veillée, songeuse. Avant de me coucher, je plaçai au sommet de la tête de lit l'attrape-rêves offert par Janis. Je saisis mon *Livre des rêves*. Je voulais lui demander de l'aide en lui posant mes questions avant de me coucher, en lui confiant ce dont j'avais besoin. J'espérais recevoir les réponses dans les rêves et m'en souvenir au réveil, comme me l'avait enseigné Janis, mais en tournant la page de la veille, je découvris encore une fois un nouveau texte. Il était intitulé « Harmonie ».

Chapitre 40. Harmonie

L'eau fait partie de toi

Le feu fait partie de toi

La terre fait partie de toi

L'air fait partie de toi

L'animal fait partie de toi

Le végétal fait partie de toi

L'humain fait partie de toi

Nous sommes tous reliés

Tous frères et sœurs

Tous nés du même père et de la même mère

Tous arrivant des étoiles depuis le néant

Expérimente la connexion et honore-la.

Extrait du *Livre des rêves*
d'Éloïse Forestel

Chapitre 41. Leçon 18. Développer l'intuition

Le voyage,

jour 5

Au réveil, je repensai au texte sur l'harmonie du *Livre des rêves*. Je ressentais cette forte connexion avec les éléments qui m'entouraient et, ce matin-là, en chemin vers Janis, je m'arrêtai pour caresser les arbres, écouter leurs souvenirs, et ressentir la mémoire des lieux. Un gigantesque arbre de ceiba, bien plus haut que tous les autres, me captivait. Janis m'avait raconté que, selon la mythologie maya, le ceiba était le symbole de l'univers et une voie de communication entre les mondes. Ils considéraient que la canopée de branches arquées haut dans le ciel symbolisait le monde supérieur, son tronc le monde du milieu, où vivent les humains, et que ses racines profondes s'étendaient dans le monde souterrain. Celui que j'avais devant moi montait jusque très haut dans le ciel, peut-être arrivait-il à toucher le paradis. Son tronc était un ventre de femme enceinte et ses racines l'accrochaient au sol sur des dizaines de mètres. C'est vrai qu'il avait quelque chose de prodigieux. Je me demandai quel âge il avait, si son enfance avait été heureuse, s'il habitait près de sa famille, s'il avait un grand-père comme moi, s'il connaissait le pays de l'amour et s'il ressentait la jolie joie.

L'humain assume sa supériorité sur tout, mais en me trouvant devant lui, je me sentis si petite, si jeune, si ignorante. Peut-être qu'il avait bien plus de sagesse que moi. Peut-être qu'il détenait les réponses à toutes les questions que je me posais.

En arrivant chez Janis, une question me taraudait. J'y songeais depuis quelque temps déjà : je m'interrogeais sur cette chose qui me parlait de l'intérieur. Je l'avais expérimentée lors de ma connexion au corps, je savais de quelle manière elle s'exprimait, mais je ne pouvais pas l'expliquer. Janis pointa du doigt le canapé aux mille couleurs et j'en déduisis qu'elle m'invitait à m'y asseoir. Ne pouvant me retenir plus longtemps, je commençai mon inquisition.

– Pour toi, qu'est-ce que l'intuition ?

Elle afficha ce sourire familier qui lui donnait un air malin, comme si elle s'attendait à ma question.

– C'est drôle, avant que tu arrives, je lisais justement un article qui traitait de ce sujet. Alors, coïncidence ou intuition ?

Elle accentua son sourire au plus large et reprit.

– Je dois dire que cet article m'a beaucoup fait rire… L'auteur y explique qu'il existe deux types d'intuitions, « l'intuition que l'on pourrait appeler rationnelle, qui relève d'une construction logique inconsciente de notre esprit, et la seconde qui s'apparente à une faculté paranormale, car elle échappe à toute possibilité de logique ».

Elle arrêta sa lecture, répéta les mots « faculté paranormale » et fit vibrer ses cordes vocales en un « Ooooh » théâtral. Je ne pus m'empêcher d'éclater de rire. Elle reprit sa lecture.

– « De récentes expériences confirment que nous sommes doués d'une faculté intuitive nous rendant capables d'anticiper des événements. […] L'intuition est une sensation vague et instable, porteuse des capacités « psi », c'est-à-dire des facultés extrasensorielles comme la télépathie, la clairvoyance et la prémonition. »

Elle parcourut la suite du texte rapidement, l'accompagnant de « gnagnagna » quand elle coupait des passages, puis elle s'arrêta brusquement de bouger et de lire et afficha de nouveau un large sourire en venant s'asseoir à côté de moi.

– Je ne vais pas te lire tout l'article, *love*, tu pourras le faire par toi-même si tu veux. Dans mon expérience et telle que je peux la ressentir, l'intuition est ce sixième sens qui nous connecte au monde de l'invisible. Le fait de l'appeler « paranormale » me fait sourire car, pour moi, elle est tout à fait naturelle. Le consensus scientifique, ou la normalité, ne l'ont pas encore admise en ce sens, car les recherches sur l'intuition sont plutôt récentes et que nous sommes encore ignorants dans bien des domaines, mais cette faculté, ce sixième sens, fait partie de nous et il est tout à fait naturel, au même titre que la vue, l'ouïe, l'odorat, le goût et le toucher.

Je lui souris et acquiesçai. Elle confirmait mon ressenti, mais elle n'expliquait pas pourquoi l'intuition se manifestait. Elle reprit.

– Je crois que, en Occident, nous avons été conditionnés à rejeter l'invisible, ou ce que la société considère comme hors-norme, car elle ne peut pas l'expliquer, mais cela ne veut pas dire que la faculté n'existe pas, ou qu'elle est paranormale. Nous sommes tous dotés de ce sixième sens, mais il est vrai que, si tu gardes les yeux fermés, tu resteras dans le noir, au même titre que, si tu te bouches les oreilles, tu n'entendras rien. C'est pourquoi je crois qu'il est important de reconnaître ce sens comme une chose naturelle, pour apprendre à l'utiliser. Voilà ce qu'est pour moi l'intuition : un sens qui nous apporte une certaine connaissance.

– Tu ne te questionnes pas sur les raisons de cette intuition, les raisons des ressentis ? lui demandai-je. Pourquoi une personne ressent, entend, voit certaines choses et pas une autre ?

– Est-ce que tu te questionnes sur la raison de ta vue ou de ton ouïe, *love* ? Elle fit une pause et sourit largement : Non… L'intuition est juste un sens, développé ou non. Comme certains portent des lunettes et ont une mauvaise vue. Prends-la en tant que telle, en lui enlevant ce côté paranormal des mauvais films. Est-ce pour toi quelque chose de paranormal ?

Je pris un petit temps avant de répondre, mais non, l'intuition avait toujours été un ressenti très naturel.

– Non, non, tu as raison. D'ailleurs, je ne dirais pas non plus qu'il s'agit d'une sensation vague et instable. Je la vois plutôt comme un savoir intérieur auquel j'ai appris à faire confiance.

– *Yes*, exactement. Et tu le décrirais comment, ce savoir intérieur ?

– Le plus souvent, ce sont des images, des flashs. Il y a parfois des sons ou des voix. C'est, comme tu le disais, quelque chose d'assez neutre, comme un savoir qui se présente à moi, que je le veuille ou non, que je l'apprécie ou non… Car, parfois, l'intuition m'apporte des messages qui sont autres que ceux que j'aimerais recevoir.

Je lui parlai alors de mon grand-père et des visions que j'avais reçues avant son départ. Je me confiai à elle, comme je ne m'étais jamais confiée à personne par peur du jugement. En effet, même si l'intuition commençait peu à peu à être investiguée par les scientifiques et de surcroît admise dans la norme, les soi-disant facultés « psi » qu'elle engendrait étaient encore taboues. Dans le monde dans lequel j'évoluais, à Paris comme à New York, on ne pouvait décemment pas prononcer les mots « vision », « flash », « prémonition » et « clairvoyance » sans être tournée au ridicule et vue comme faisant partie de la secte des hippies, bobos, sympathisants *new age*, voire qualifiée d'une contraction des termes de type « néo-hippy-bohème ».

Alors, je lui parlai de tout cela en toute confiance et simplicité, car comme elle l'avait si bien dit, nous pouvions passer notre vie les yeux fermés, aveuglés par le néant. Je décidai à cet instant de les ouvrir bien grand, comme une chouette, et de tout lui avouer.

Chapitre 42. Leçon 19. L'empathie intuitive

– C'est vrai que l'intuition est très présente dans ma vie et qu'elle m'aide beaucoup, mais parfois, je la trouve aussi dérangeante. Il y a des moments où je ne me sens pas prête à la recevoir, ou à la ressentir, lui dis-je.

Janis eut l'air intriguée.

– Qu'entends-tu par cela, *love* ?

– Eh bien, parfois, comme je te l'ai dit, c'est une sensation neutre, mais elle peut aussi arriver sous forme d'émotions ou de ressentis physiques qui m'envahissent complètement. Parfois, j'ai l'impression de ressentir des émotions qui ne sont pas les miennes et il est difficile de m'en détacher. Il arrive que cela me submerge tellement que je me mets à pleurer… La même chose peut se produire avec un ressenti physique, avec un mal de dos qui m'arrive brusquement, ou une migraine… J'ai d'ailleurs beaucoup de difficultés à supporter la présence quotidienne de quelqu'un qui ne se sent pas bien, car j'ai l'impression que les émotions ou ressentis physiques se mélangent aux miens. C'est très dérangeant. Je ne sais pas si j'extrapole, ou si tout cela est bien réel, mais je me dis que c'est peut-être pour cela que j'ai besoin de beaucoup de temps seule, retirée du monde.

– Je te crois, me dit-elle. Ce que tu décris est bien réel, c'est de l'empathie intuitive.

Je haussai le sourcil droit, ne sachant pas bien de quoi elle parlait.

– Ça s'apparente à de l'hypersensibilité ? lui demandai-je.

– Oui et non. L'hypersensible a une sensibilité plus forte que la moyenne, mais l'empathe intuitif est quelqu'un qui ressent les émotions, les énergies ou les ressentis physiques des autres, par le biais de l'intuition. Encore une fois, rien de paranormal dans tout ça. C'est une capacité merveilleuse lorsque tu apprends à t'en servir…

Je la coupai, tant le mot « merveilleux » m'écorchait l'oreille.

– Et comment apprendre à s'en servir sans se laisser envahir par les ressentis des autres ?

– Tu peux fermer et ouvrir les yeux comme bon te semble. Ici, c'est pareil. Il y a d'ailleurs une grande différence entre observer et ressentir. Et il est bien évidemment important que tu apprennes à ne pas absorber les émotions qui ne t'appartiennent pas : tu les observes, mais t'en détaches et fermes la porte au besoin.

Elle fit une pause pour me jauger et reprit :

– Visualise ton intérieur comme ta maison. J'imagine que tu ne laisses pas entrer n'importe qui chez toi, que ta porte n'est pas toujours ouverte et que tu apprécies te retrouver seule à la maison pour te ressourcer. Ici, c'est pareil. Lorsque tu as ce don, savoir fermer la porte et chasser les intrus est essentiel, car sans cela, cette capacité merveilleuse peut être vécue comme une malédiction.

J'acquiesçai. J'aimais la métaphore. Il était vrai que je vivais parfois ces sensations comme la présence d'êtres que je n'avais pas invités à entrer. Janis me transmit alors un petit morceau de papier sur lequel était inscrite la consigne pour effectuer un rituel.

– Tu pourras t'en servir à tout moment, pour ne pas absorber ce qui ne t'appartient pas.

J'ouvris le papier et le lus. « Rituel de protection : Visualise-toi à l'intérieur d'une bulle, entourée par une lumière rayonnante. La lumière part de ton cœur et se dégage de tout ton être. Elle te protège et te garde en intégrité. Elle ne te laisse pas absorber ce qui ne t'appartient pas. Elle te garde à l'abri, même s'il pleut au dehors et que la tempête fait rage. Tu peux alors observer le monde, sans en ressentir la tourmente. C'est ainsi que tu deviens cet être intègre qui illumine les terres les plus sombres. »

Je rentrai dans ma cabane, le rituel en poche, bien décidée à le tester. Mon *Livre des rêves* était posé sur la table de chevet, où je l'avais laissé le matin. Je le pris en main, fis glisser les pages entre mes doigts. J'aimais la douceur sensuelle du papier sur ma peau. Puis, je laissai mes yeux découvrir les mots qui, comme à l'habitude, arrivaient de je ne savais où…

Chapitre 43. Lumière sacrée

Imagine-toi rayonner
D'une lumière puissante
La lumière te protège
Tu peux alors observer le monde
Voir au-dehors et voir au-dedans
Tout en gardant ton intégrité.

Extrait du *Livre des rêves*
d'Éloïse Forestel

Chapitre 44. Leçon 20. La maladie de la brumure

Le voyage,

jour 6

Ce matin-là, un épais brouillard régnait sur la jungle. Il était si dense qu'en sortant rejoindre Janis, je me demandai si j'allais retrouver le chemin de son habitation. Je passai devant l'arbre de ceiba qui m'indiqua que j'étais dans la bonne direction. Lorsque j'arrivai sur les lieux, Janis me fit m'installer sur le balcon. Il était envahi par la brume et je la regardai, un peu perplexe, en prenant place sur le rocking-chair, aveugle face à la jungle.

– *Love*, installe-toi confortablement, je vais te raconter une histoire.

Elle s'assit sur le rocking-chair voisin, mais je la distinguais à peine.

– Il s'agit de la légende des Cypriens. Est-ce que tu la connais ?

Je lui répondis que non et, tout en me lovant dans le creux du fauteuil à bascule, je me réjouis du divertissement à venir. Même si j'avais clairement passé l'âge des contes de fées, j'aimais les histoires de Janis qui me replongeaient en enfance. Elle se balança d'avant en arrière dans un grincement régulier, je compris qu'elle allait commencer. Je remarquai que, lorsque Janis racontait ses histoires, ell y ajoutait un petit son d'ambiance qui donnait un rythme à ses mots, comme si elle voulait que son conte devienne mélodie. J'étais certaine qu'elle avait été une musicienne dans une autre vie, elle avait les sons dans l'âme.

– Le peuple des Cypriens était un peuple chanceux. Ils habitaient la belle planète de Cypre, un énorme rocher flottant dans l'espace, où il y avait de l'eau, de la nourriture et des abris où se reposer… Ils étaient gâtés par bien des aspects. Le seul et unique malheur des Cypriens, bien qu'il ne fût pas moindre, était qu'ils naissaient affligés par une terrible maladie.

Elle figea son mouvement de balancier dans une pose dramatique, puis reprit :

– La maladie en question s'appelait la brumure. Elle provoquait de gros boutons, répartis sur tout le corps à la naissance, qui se transformaient avec le temps en pustules rougeâtres, puis en plaies infectieuses desquelles sortait un liquide visqueux et malodorant. Plus les Cypriens vieillissaient, plus la maladie s'aggravait, créant au fil du temps des plaies profondes extrêmement douloureuses.

Un cri aigu retentit tout près de nous et nous fit toutes les deux sursauter. C'était comme si l'un des Cypriens avait laissé échapper une plainte de douleur. Nos yeux vacillèrent rapidement de droite à gauche, mais le brouillard persistait et nous ne pouvions pas distinguer l'origine du cri. Janis reprit son histoire et son mouvement de balancier.

– Lorsque les Cypriens arrivaient à l'âge adulte, la brumure était pleinement développée et si pénible qu'ils choisissaient de porter une épaisse carapace. Celle-ci leur permettait de protéger leurs plaies du reste du monde, car si par malheur un autre les touchait, la douleur était si vive qu'elle méritait représailles. Alors, pour éviter de s'entre-tuer, les Cypriens vivaient recouverts de leurs grosses carapaces, mais les plaies s'infectaient sous l'armure et, bien souvent, la gangrène les emportait.

– Et pourquoi n'essayaient-ils pas de se guérir de cette maladie ? lui demandai-je, trouvant son histoire plus que dramatique.

– C'était bien ça le problème, *love*. Dans leurs malheurs, les Cypriens ne savaient même pas qu'ils étaient atteints d'une maladie, car ils étaient tous, absolument tous, rongés par le même mal. Pour eux, la brumure était tout à fait normale et faisait autant partie de leur développement que de leur infortune.

Je sentis que la leçon qui concluait chacune de ses histoires approchait et redoublai d'attention.

– Est-ce que tu te rends compte que les Terriens sont atteints de la même maladie ? Nous avons la brumure sur notre corps émotionnel. C'est pour ça que, lorsqu'un autre touche nos plaies, nous nous tordons de douleur. Notre réaction pour ne plus avoir mal est logique : nous construisons une épaisse armure de protection et, sous celle-ci, nous mourons à petit feu de notre gangrène.

Je fus soudain surprise par le silence qui régnait dans la jungle. Elle s'avança au plus proche de moi et ajouta en chuchotant :

– Mais, tu comprends, il y a une autre solution, *love*, nous pouvons nous dévêtir et choisir de guérir les plaies.

Chapitre 45. Leçon 21. Panser les blessures

– Maintenant que tu as retiré ta carapace, *love*, il est important de guérir les plaies encore à vif…

– Je voudrais bien, mais ce n'est pas si simple…

– Je crois que c'est plus simple que tu ne le penses. On complique toujours tout, me dit-elle. On peut commencer ici, ensemble, si tu veux. La première chose à faire est d'identifier tes blessures. Dresse une liste de tout ce que l'on a pu te dire, te faire, qui t'a blessée par le passé. Tu auras ainsi le répertoire de tes déclencheurs émotionnels. Je te laisse seule quelques instants pour que tu y réfléchisses.

Entraînée par notre conversation, je me mis à écrire cette longue liste. Les exemples de blessures étaient si nombreux que je n'eus même pas besoin de fournir un effort pour rassembler mes souvenirs. J'écrivis les jugements entendus aussi bien sur mon esprit que sur ma réussite, mon corps, ma féminité ou mes émotions. J'eus en quelques minutes une liste infinie de « tu es trop ceci, pas assez cela ». Je compris que certains de ces mots n'étaient plus que des cicatrices, et que d'autres étaient encore des plaies à vif. Janis revint sur le balcon et reprit place sur le rocking-chair voisin au mien.

– À présent, il est important que tu comprennes que tout ceci n'a rien de réel, me dit-elle.

Elle prit ma liste et la regarda un instant.

– Comme tu le vois, cette liste est pleine de contradictions, tu es trop ceci pour certains et pas assez pour d'autres… Tout ce que l'on a pu te dire n'est pas vrai, *love*, ce n'est que le reflet des blessures des autres, que tu as toi-même touchées sans le vouloir. Il n'y a rien de vrai dans la parole des malades de la brumure, car ils ne réagissent qu'à la douleur de leurs propres blessures.

En relisant ma longue liste, je compris l'évidence. Certains m'avaient dit trop sensible, d'autres pas assez. Certains m'avaient jugée trop bavarde, d'autres trop mutique, et je me sentis comme poussée à rire de ce constat tragique, tant ces critiques m'avaient empêchée d'accomplir des choses au cours de ma vie.

– Dans toute quête, le héros a des obstacles à affronter et des blessures à panser. Cela fait partie de notre cheminement sur terre. Es-tu prête à te guérir de la brumure, *love* ?

– Je suis prête, mais je ne sais pas comment.

– La seule chose à faire est de te détacher de ceux qui t'ont blessée. Comprends qu'ils ne faisaient qu'agir sur leurs propres blessures et que tout cela n'avait rien à voir avec toi. Détache-toi de tous ces mots de malades.

C'est alors qu'une chose étrange se passa. Il m'apparut tout d'un coup que les mots de Janis étaient si justes, que je n'avais pas à supporter les blessures des autres, que rien de cette liste n'était réel et que je pouvais tout simplement m'en séparer. L'épais brouillard se leva et je vis enfin la nature réapparaître. Janis était à côté de moi. Je distinguais son visage, son sourire et ses longues boucles cuivrées.

– C'est étrange, le brouillard s'est enfin levé, lui dis-je.

– Il n'y a rien d'étrange, *love*. Le brouillard se lève parce que tu vois enfin.

Elle me regardait avec ce petit air de malice, comme s'il était normal que le temps soit le reflet de mon intériorité.

– Il est maintenant temps de brûler la liste que tu viens d'écrire afin d'achever pleinement le rituel de guérison.

Janis alluma la bougie posée sur la petite table qui séparait les rocking-chairs. Je saisis la feuille de papier et la brûlai au coin droit. Je la déposai dans la soucoupe d'acier posée à côté de la bougie et la regardai partir en flammes, puis s'éteindre. De mes blessures, il ne restait plus qu'un tas de cendres et qu'une vague odeur d'encens.

Chapitre 46. Leçon 22.
Renouer avec l'enfant

Le voyage,

jour 7

Le matin du septième jour de voyage, je m'étais levée avec le soleil et j'étais allée marcher sur la plage. Je savais que le départ était proche, alors j'essayais de profiter au maximum du temps qu'il me restait ici. Janis m'avait donné rendez-vous à dix heures pour une expérience qu'elle appelait « aller à la source ». Quand j'arrivai, elle m'invita à m'asseoir en tailleur sur un gros coussin confortable et me fit prendre quelques grandes respirations. L'air avait une bonne odeur de sauge dont elle venait d'embaumer son intérieur.

– Le but de cette pratique est de te reconnecter avec ton enfant intérieur, *love*. Très souvent, quand on passe le cap de l'âge adulte, on laisse l'enfant en nous de côté, alors qu'il est si précieux. C'est pourquoi il est important de l'inviter à nouveau, de le ramener à la maison.

Elle me demanda de choisir un moment de mon enfance où j'avais été blessée et où je pensais avoir été séparée de Lily. Je ne savais pas bien quand cette rupture avait eu lieu, mais il m'était facile de ressentir une de mes blessures de petite fille. Je fermai les yeux et visualisai les Crobois, où j'avais vécu mes moments les plus sombres.

– Quand tu as un endroit de l'enfance en mémoire, *love*, entre dans le lieu et va à la rencontre de la petite fille qui s'y cache. Où est-elle, que fait-elle ?

Les yeux bien clos, j'entrai par la petite porte du château des Crobois, située à l'arrière de la bâtisse. Je marchai à pas de chat pour que l'on ne me remarque pas. Je passai l'entrée, montai le grand escalier, empruntai le long couloir et j'arrivai devant la porte vitrée de la chambre de Lily. Elle était là, en boule dans son lit, genoux contre la poitrine. Elle pleurait à chaudes larmes. Elle serrait Melvin, fort, tout contre elle. Elle emmenait partout ce petit singe offert par ses grands-parents, en guise de protection.

– Est-ce que tu la visualises, *love* ? me demanda Janis.

– Oui, elle est là, lui répondis-je.

– O.K., alors parle-lui. Dis-lui que tout va bien se passer, qu'elle n'est plus seule à présent et qu'elle ne le sera plus jamais. Prends-la par la main et fais-la revenir avec toi.

Alors, toujours les yeux fermés, je m'approchai de Lily et séchai ses larmes. Je la pris par la main et je la ramenai ici, avec moi. Je lui dis de s'installer confortablement à mes côtés, sur l'un des coussins de sol. La petite Lily me sourit et se plaça en tailleur sur le gros coussin qui se trouvait entre Janis et moi.

– Tu es avec moi, maintenant et pour toujours, Lily, lui chuchotai-je.

Lorsque je rouvris les yeux, Janis n'était plus à mes côtés. Je balayai rapidement la pièce des yeux, mais elle était partie et je restai seule, seule avec Lily.

Chapitre 47. Leçon 23. Faire ce que l'on aime

Le voyage,

jour 8

Le matin du huitième jour, la petite Lyn vint frapper à ma porte. Je ne l'avais pas revue depuis mon arrivée. Il devait être neuf ou dix heures, car le soleil pointait déjà haut dans le ciel. Elle m'apportait une coupelle de fruits, une infusion qui sentait l'orange et une grosse marguerite d'une belle couleur jaune, le tout sur un plateau argenté. Elle était encore vêtue de son déguisement de fée fuchsia et, après avoir posé le plateau à côté de moi, elle brandit sa baguette.

– Qu'est-ce qui te ferait plaisir ? me dit-elle de sa voix fluette.

Je crois qu'elle voulait m'accorder un vœu, n'importe lequel, mais je ne sus pas quoi lui répondre.

– Tu veux venir avec moi à la plage ? reprit-elle.

Je fus un peu surprise par sa demande, mais je lui répondis par l'affirmative. Elle partit en trombe vers la mer. J'enfilai mon maillot de bain et une tunique, avalai quelques gorgées de l'infusion et, après quelques pas sur le petit chemin de sable, je me retrouvai sur la plage. La matinée était douce, ni trop froide ni trop chaude. Je m'assis sur le sable en m'adossant à un palmier, ses larges feuilles me protégeaient des rayons du soleil. La petite Lyn était en train de courir après les vagues. Lorsqu'elle me vit, elle courut dans ma direction et se posta devant moi, mains sur les hanches et l'air décidé.

– Alors, qu'est-ce qui te ferait plaisir ? Tu ne m'as toujours pas répondu !

Je lus l'impatience dans son regard et souris à ses paroles, elle avait de la suite dans les idées.

– À vrai dire, je ne sais pas trop. Et toi, qu'est-ce qui te ferait…

Mais elle me coupa avant que je ne termine ma phrase.

– Comment ça, tu ne sais pas ce qui te ferait plaisir ?! me dit-elle, étonnée.

Je ne savais pas si je devais lui inventer une réponse ou maintenir cette vérité qui lui paraissait invraisemblable. Pourtant c'était bien le cas, entre le plaisir et moi, ce n'était plus l'amour fou. J'essayai de trouver les mots justes.

– Tu sais, parfois, par exemple quand on est triste, ou un peu perdue en chemin, il est difficile de savoir ce qui nous ferait plaisir.

Elle me toisait de ses grands yeux noisette, cherchant à comprendre des mots qui lui semblaient si flous.

– Ben, il suffit juste de faire ce que l'on aime !

Elle se leva et courut vers les vagues et, tout en continuant sa course effrénée, elle me cria :

– Est-ce que tu aimes ramasser les coquillages ?

– Je ne l'ai pas fait depuis longtemps, mais oui ! Quand j'avais ton âge, j'aimais beaucoup les ramasser, lui répondis-je à pleine voix.

Elle se tourna vers moi et me lança :

– Super, on a trouvé un truc qui te ferait plaisir ! Allez, viens, zi za zou ! On va chercher de beaux coquillages pour faire un collier.

Elle leva sa baguette, me prit par la main et, tout en sautillant, me tira vers le sable mouillé.

*

Nous revînmes de notre matinée de chasse avec de nombreux joyaux. Les yeux de Lyn brillaient, et je devais dire que les miens aussi. J'avais laissé Lily gambader et nous nous étions beaucoup amusées. On avait couru après les vagues, ramassé les plus beaux coquillages et des petites pierres de couleur. Pour un instant, il m'avait semblé incarner pleinement Lily, gambadant dans son déguisement de fée fuchsia, pieds nus, à la poursuite des vagues, courant à en perdre haleine presque sans toucher le sol, aussi légère qu'une plume virevoltant dans les airs.

Ce moment m'avait procuré tant de plaisir. Il m'avait également plongée dans une réflexion plus profonde sur cette notion de plaisir qui me paraissait si complexe, alors qu'elle aurait dû être si simple et ne tenir, pour reprendre les mots de la petite Lyn, qu'à « faire ce que l'on aime ».

Je compris alors que, pour une certaine raison, nous nous compliquions le quotidien en intellectualisant tout, alors que la vie aurait dû se résumer à cette chose : faire ce que j'aimais. Ces derniers mois, je m'étais tant questionnée sur cette voix qui me disait « il y a autre chose », sans savoir quelle direction prendre… Je m'étais interrogée sur le pays de l'amour, sans parvenir à y voyager, et il m'apparaissait aujourd'hui que la réponse était si simple : je devais faire ce que j'aimais.

Le temps était venu de renouer avec ce qui me passionnait, de retrouver de la joie dans les petites actions du quotidien, de flâner dans la forêt, de regarder le ciel, d'écouter le chant des oiseaux… Et surtout, de ne plus me laisser diriger par le devoir du lister-performer-rayer. C'était certainement mon plus bel enseignement du voyage, et il me venait tout droit de la sagesse d'une enfant.

Chapitre 48. Leçon 24. Envisager l'improbable

Je rejoignis Janis dans son studio de travail. Lorsque j'entrai, elle était en train de peindre un jaguar sous la lune. Il y avait de la peinture partout, du sol au plafond. Son visage et sa salopette en jean n'avaient pas été épargnés et je ne pus m'empêcher de rire en la voyant. Lorsqu'elle me vit, elle posa son pinceau et m'invita sur le balcon. Je pris place sur le rocking-chair que je fis balancer d'un mouvement léger.

– As-tu déjà envisagé ton improbable ? me demanda-t-elle. Est-ce que tu sais ce que tu aimerais faire par-dessus tout, même si tu penses que c'est improbable pour le moment ?

Je pris le temps de me questionner quelques minutes en silence, en me connectant à cet appel du cœur.

– Je crois que oui… J'ai quelques pistes…, lui répondis-je.

Janis me lança un sourire lumineux et reprit :

– Alors, note ces pistes dans ton *Livre des rêves*. Décris cet improbable que tu aimerais explorer, toutes ces choses que tu aimerais réaliser, même si elles te paraissent difficilement atteignables et, surtout, mets-toi en chemin. Parce que tout ce dont tu as besoin maintenant est d'agir en direction de la vie que tu as envie de te créer. Un petit pas après l'autre, il ne tient qu'à toi de construire la vie que tu souhaites vivre, *love*.

Mon regard pensif étai attiré par cet océan de possibles qui se déroulait devant moi.

– Tu penses vraiment que c'est aussi simple que ça ?

– Je crois que la vie peut être aussi simple ou aussi complexe qu'on l'imagine, me répondit-elle, mais, qu'elle soit simple ou complexe, l'important est de faire ce que l'on aime…

*

En rentrant, je m'exécutai. Je confiai à mon *Livre des rêves* mon improbable, cette nouvelle vie, pour qu'il en prenne soin. Mettre les mots sur papier avait quelque chose de magique, c'était le premier pas dans cette vie improbable. Ma liste était proche de celle que j'avais sauvée du carton poussiéreux de mon grand-père et cela me fit doucement sourire. La petite Lily savait depuis le début.

Chapitre 49. Leçon 25. Les enseignements

Le voyage,

jour 9

Il faisait étonnamment froid ce matin-là. Par-dessus ma tunique, j'avais revêtu un épais gilet de cachemire gris. Pourtant, je frissonnais de tout mon corps en parcourant le chemin de la forêt. Lorsque je rejoignis Janis et que je lui notifiai ce point, elle me dit que c'était tout à fait normal, puisqu'il était bientôt l'heure de partir. Je trouvai sa remarque étrange, mais après tout, beaucoup de choses m'avaient semblé insolites ces derniers jours…

Je m'installai confortablement sur le canapé aux mille couleurs afin de profiter au maximum de nos derniers instants ensemble. J'étais un peu fatiguée, alors je me calai dans un de ses coins en allongeant mes jambes de tout leur long. Janis me tendit une grosse couverture d'alpaga et je m'en couvris comme si j'étais à la maison, en présence d'une amie proche. Elle versa de l'eau bien chaude dans une grande tasse en verre, puis y déposa une fleur d'amarante avant de me tendre la tasse. Au contact de l'eau, la fleur s'épanouit en quelques minutes et dévoila de jolis pétales roses. Le rituel était splendide. On était bien, toutes les deux, et la nostalgie me gagnait déjà à l'idée de la quitter.

– La seule chose qui te reste à faire est de tirer les leçons des enseignements, me dit-elle. Tu peux choisir de mettre en pratique dans ton quotidien ce que tu as appris ici, ou tu peux tout oublier, cela ne tient qu'à toi et à tes actions. Tu as le choix, tu as toujours le choix, *love*… C'est un choix que d'écouter tes intuitions, c'est un choix que de faire des choses que tu aimes, c'est un choix que de te souvenir de tes rêves, c'est un choix que d'avoir de la compassion, de garder le cœur ouvert dans l'adversité, de voir la joie dans le quotidien… Et c'est un choix que de reconnaître le pouvoir du choix. Tu verras, de merveilleuses choses t'attendent et c'est ton choix que de vivre cette belle aventure.

Les mots de Janis me touchaient, ils redonnaient foi à mon cœur et je le sentais à nouveau plein d'espoir. Elle me répéta plusieurs fois « tu as le choix, *love*, tu as le choix », comme si elle voulait graver les mots dans mon esprit.

– Tu as le choix de vivre ta vie comme si tout était miracle, ou comme si rien ne l'était. Lorsque tu ouvriras les yeux, souviens-toi de cela, *love*.

Je la laissai continuer, sans rien dire, car de grosses gouttes d'eau perlaient à présent sur mes joues. Je ne savais pas vraiment pourquoi, mais le cœur avait décidé de parler et il parlait fort. Je restai quelques minutes en silence, je laissai les larmes couler. Elle avait posé sa main sur la mienne. C'était un geste doux et réconfortant qui me fit du bien.

– J'ai un petit cadeau pour Lyn, tu pourras le lui donner ? lui demandai-je en essuyant les perles de pluie qui se détachaient de mes yeux. Ce n'est pas grand-chose, juste un collier que j'ai confectionné avec nos trouvailles sur la plage, et un de mes pendentifs.

Je lui remis le pendentif orné d'une jolie pierre turquoise et d'un des coquillages ramassés sur la plage.

– Merci, *love*, la turquoise est ma pierre préférée, me dit-elle, tout en passant le collier autour de son cou.

Je la regardai, un peu gênée, et me dis qu'elle n'avait pas dû me comprendre, mais elle esquissa son petit sourire malicieux.

– Lyn, c'est mon deuxième prénom… Ma mère m'appelait Lyn. En fait, durant toute mon enfance, tout le monde m'appelait Lyn, me dit-elle.

Je n'étais pas sûre de comprendre ce qu'elle cherchait à me dire.

– Mais, la petite Lyn, j'étais avec la petite Lyn hier à la chasse aux coquillages, lui répondis-je en souriant difficilement.

Il faisait de plus en plus froid et je me mis à frissonner plus que de raison. Je me sentis comme anesthésiée par ce froid qui se propageait dans tout mon corps. Le froid commençait à tout engloutir. Il était même en train de cristalliser la réalité, qui ne semblait plus faire sens et, soudainement, tout était confus. Janis me serra la main, comme pour me raccrocher à sa réalité. « Tu es là, tu es bien là. » Je l'entendis me dire ces mots, mais ses lèvres figées ne bougèrent pas.

– Oui, tu étais avec Lyn, tout autant que tu étais avec moi, *love*. Ici, l'apparence n'est qu'une image. Tu peux me voir comme la petite fille que j'étais à sept ans, ou comme la grand-mère que j'aurais pu être à soixante-dix-sept ans. Ce n'est qu'un reflet d'image…

Je ne dis rien. J'étais un peu perdue dans ses mots et emportée par cette tempête glacée.

– Sois vigilante à cela car, à deux reprises, tu n'as pas considéré ce que je te disais, je l'ai vu dans tes yeux… Et je te comprends, la société nous apprend à ne pas prêter attention aux enfants trop rêveurs et aux vieilles femmes trop folles, alors que ces deux aspects de nous-même sont aussi remplis de sagesse. C'est l'âme qui est sage, et l'âme n'a pas d'âge humain, *love*… Surtout, écoute-la.

Tout était en train de se transformer en brouillard, un épais brouillard du nord, comme on en avait souvent à Wissant. Je lui demandai à nouveau ce qu'il en était de la petite Lyn, la veille sur la plage, sans savoir où ma phrase allait et sans la terminer. Je me tus, tant les mots ne faisaient plus sens, même s'ils en faisaient.

– Lorsque nous sommes dans l'autre monde, le corps n'a plus d'âge.

Janis me parut de plus en plus lointaine. Sa voix résonnait en écho dans ma tête. La réalité se tordait dans tous les sens. J'aurais voulu lui poser tant de questions, mais je n'en avais plus la force.

– Il est temps de repartir, *love*, me dit-elle.

Le froid était intense, il envahissait à présent tout mon corps, m'empêchant de bouger le petit doigt. La couverture d'alpaga n'y pouvait plus rien, j'étais paralysée sur le canapé aux mille couleurs, comme dans un de mes cauchemars. La phrase de Janis retentissait dans ma tête, c'était une boucle, un ouragan de mots qui tourbillonnaient : « Lorsque nous sommes dans l'autre monde, le corps n'a plus d'âge », « lorsque nous sommes dans l'autre monde, le corps n'a plus d'âge », « lorsque nous sommes dans l'autre monde, le corps n'a plus d'âge », « lorsque nous sommes dans l'autre monde, le corps n'a plus d'âge »… Puis les mots de l'ouragan s'envolèrent et furent recouverts par du bruit, il n'y avait plus que du bruit… comme un brouhaha de « zi za zou » qui n'en finissait plus.

Chapitre 50. Le retour

Sleepy Hollow, État de New York,

lundi 3 septembre 2018

Un bruit retentit. Il ressemblait à l'alarme de ma voiture. C'était l'alarme de ma voiture. Le bip arrivait en écho et se rapprochait de moi. Il se fit de plus en plus strident, puis j'entendis une voix inconnue prononcer des mots confus. Ma réaction fut d'ouvrir les yeux, mais quelque chose m'empêchait de voir. Tout était flou, je ressentais une présence à mes côtés, sans pouvoir distinguer de qui il s'agissait.

– Janis ? C'est toi ?

Je portai ma main au visage. La sensation était étrange : il était mouillé et piquant. Je me frottai les paupières pour me désencombrer de la pellicule de flou rouge qui m'empêchait de voir. La pleine lune m'apparut à nouveau. Je l'avais imaginée d'une belle couleur jaune or, mais elle était un phare aveuglant braqué sur moi qui me grillait les rétines. Je luttais pour ne pas fermer les yeux, mais l'agressivité de la lumière était trop forte. J'entendis de nouveau le bruit de cloche, que je pus identifier clairement : il s'agissait de la sirène d'une ambulance arrivant à pleine vitesse. Les mots redevinrent audibles, on me disait : « Est-ce que vous m'entendez ? » Aucun son ne sortait de ma bouche, j'étais trop occupée à avaler le goût de fer qui l'envahissait.

Tout me revint d'un coup. Sleepy Hollow. Les torrents de pluie. L'eau sous le pont. Le coup de frein. La voiture qui avait glissé comme un navire et s'était laissé emporter par les vagues et, pour finir, le choc de ma tête contre la vitre. Ma voiture était enclavée dans un sapin, sur le bas-côté. Je pouvais toucher son tronc depuis l'intérieur de l'habitacle. Sa mousse me caressait la joue. La vitre ne s'était pas ouverte comme par magie, elle était éparpillée en mille morceaux sur mon visage et dans mes cheveux. Bizarrement, rien ne faisait mal, j'avais seulement très froid. Un froid si intense qu'il faisait trembler tous mes os.

Je m'étais toujours demandé si mon grand-père avait souffert lors de son départ. J'avais la réponse. Lorsque l'on fait face à la mort et que le froid nous emporte jusqu'à nous anesthésier le sang, on ne ressent plus le mal, on ne ressent plus rien. Le physique s'efface et n'existe plus.

Mais le voyage touchait à sa fin, je savais qu'il me fallait pleinement revenir. Un son sortit de ma bouche, un son qui disait « oui », « oui, je vous entends », mais aussi « oui » à la vie tout entière.

Je pus distinguer l'homme aux cheveux gris qui me parlait en me tenant la main. Il m'était étranger. Son contact me réchauffait un peu. Je ressentais de l'attention et de la douceur. Parmi toutes les autres, je discernai deux phrases :

– Vous avez perdu connaissance.

– Tout va bien se passer, les secours sont là.

Il avait une voix enveloppante. Je ne répondis pas. J'étais fatiguée. J'étais si fatiguée que je me laissai glisser à nouveau dans un profond sommeil.

Partie III

Du RÊVE à la RÉALITÉ

Dans le rêve, il n'y a ni passé ni futur. On peut aller du passé au futur et du futur au passé, tout en étant dans un présent imparfait. La ligne du temps est emmêlée. On s'y perd et on y gagne.

En ayant perdu connaissance, je vivais dans les rêves depuis un moment. Ce moment avait-il duré quelques secondes ou plusieurs années ? Je n'aurais su le dire, mais une chose, certes illogique, me paraissait très claire : il ne me semblait pas avoir perdu connaissance, mais plutôt l'avoir gagnée. J'avais voyagé au pays des rêves, aux frontières du réel, aux portes de l'impossible, là où le conscient rencontrait l'inconscient, là où la logique rencontrait le magique. J'avais exploré dans l'inconnu cette part de nous-même qui nous échappe.

Tout ce que j'avais vécu m'avait semblé si réel… Cette expérience venait me questionner sur l'essence même de la réalité : le rêve ne pouvait-il pas en faire partie ?

Lorsque je repris à nouveau conscience, mes yeux s'ouvrirent sur le visage d'une femme qui me souriait. C'était Janis, qui me tenait la main. D'un côté, il y avait des bouts de ciel bleu et des rayons lumineux perçaient à travers les feuilles des palmiers. La chaleur de l'air posé sur mon corps m'enveloppait et le chant de la nature habitée d'oiseaux et de brise me berçait. De l'autre côté, il y avait un plafond blanc, des lumières jaunâtres en mouvement, des gens qui parlaient fort entre eux et une sirène qui me perçait les tympans. Une couverture métallisée m'emmaillotait, mais j'avais toujours aussi froid.

Ces moments de semi-conscience arrivaient par bribes et me semblaient bien moins précis et réels que le souvenir intact du rêve que je venais de vivre. Mon âme avait voyagé si loin qu'elle avait du mal à se fixer, comme si elle ne voulait plus reprendre sa place dans mon corps. Les sensations étaient floues, je n'aimais pas ça.

Alors, pour ne pas rester coincée dans cet entre-deux-mondes, je me forçai à ouvrir grand les yeux. Je les écarquillai si fort que cela me fit presque mal et ce fut par ce regain de conscience, dans l'ambulance aux abois, que le voyage de retour prit fin.

Chapitre 51. Le prix à payer

Hôpital Saint John Riverside,

Yonkers, État de New York,

mardi 4 septembre 2018

Un homme en blouse blanche était penché sur moi. Il avait les cheveux blond foncé, le visage carré, la barbe mal rasée, des yeux gris et un air sympathique. Je le trouvai immédiatement très charmant et familier. Il me semblait le connaître…

– Éloïse Forestel ! Ah, ça, je n'en reviens pas.

Je m'extirpai du sommeil de plomb et repris peu à peu mes esprits. Je regardai cet homme de grande carrure en essayant de me souvenir de son nom, que je savais avoir prononcé mille fois. C'était Carl. Merde, c'était bien Carl.

– Carl ?

Carl était un médecin suédois que j'avais fréquenté pendant quelques semaines à mon arrivée à New York. C'était un homme bien sous tous rapports : bonne famille, bonne éducation, bonne situation, bonne constitution, le gendre parfait, que j'avais d'ailleurs surnommé « Monsieur Parfait ». Comme la perfection m'ennuyait, j'avais rapidement disparu de sa vie parfaitement plate.

Il esquissa un petit sourire coquin, saisit le porte-documents et l'examina.

– Tu te souviens de moi, c'est déjà ça. Ah, ça fait un bail, quand même ! Comment vas-tu ?

Je trouvai sa question étrange, étant donné que je me trouvais dans un lit d'hôpital. Lui aussi avait peut-être reçu un choc sur la tête.

– Euh, comme tu vois, ça pourrait aller mieux, répondis-je d'une voix presque inaudible, faible, qui n'était tellement pas dans mon habitude qu'elle me surprit moi-même.

– Oui, bien sûr, excuse-moi.

Il semblait confus, reprit un air sérieux et reposa le porte-documents.

– Est-ce que tu te souviens de ce qui s'est passé ?

Je me demandais à quoi il faisait référence, l'accident de voiture, le voyage dans les rêves, le retour en ambulance, oui, je me souvenais de tout ça… Mais comme je ne disais rien, il reprit, tête penchée, avec un regard de chiot :

– Tu as eu un accident de la route hier soir, à la suite duquel tu as été admise aux urgences de l'hôpital Saint John. Tu as eu un traumatisme crânio-cérébral, mais il n'y a pas de lésions. Ton visage est tuméfié, mais les infirmières ont retiré tout le verre et les blessures ne sont que superficielles. Si tout va bien, et tout ira bien, ne t'en fais pas, d'ici vingt-quatre à quarante-huit heures, tu pourras rentrer chez toi.

Je voulus lui sourire, mais la douleur revenait. Tout était douloureux, c'était le prix à payer. Il me disait ce que l'on dit sans vraiment le penser, ou peut-être le pensait-il : « Si je peux faire quoi que ce soit… » Mais que pouvait-il faire ? Me retrouver comme ça devant lui, assommée par la vie, criblée de déchirures tant bien que mal rabibochées, le visage couvert de fils et de pansements, mise à nu sous cette blouse d'hôpital absolument horrible, était très inconfortable. Non, il ne pouvait rien faire.

Avant de repartir faire sa tournée des lits, il me demanda si je voulais contacter quelqu'un, mais je ne savais pas qui appeler. Mon grand-père. C'était lui que j'appelais dans ces moments-là, quand plus rien n'allait. À tout le mal qui infiltrait déjà mon corps, son souvenir ajouta une tourmente qui vint envahir mon cœur. Je me sentais exténuée par le mal, par la peine, par le vide qui reprenait doucement sa place. Il était coriace. Alors, pour tout oublier et ne plus ressentir, je me recroquevillai en petite boule dans le lit, genoux contre poitrine. Je serrai Melvin, ma petite peluche de singe offerte par mes grands-parents, tout contre moi. J'avais sept ans et j'appelais mon grand-père. Il était là, assis sur le fauteuil de repos, et me tenait la main. Puis, le sommeil se referma à nouveau sur moi, comme un refuge qui me protégeait de la tumultueuse tristesse.

Chapitre 52. L'univers répond

New York,

lundi 1er octobre 2018

Comme me l'avait dit Janis, l'univers nous apporte toujours ce dont nous avons besoin. Quelques semaines plus tard, lorsque, à nouveau sur mes deux jambes et traînant des pieds, je marchais dans Midtown en direction du bureau, je reçus un appel de l'assistante du petit chef. Il me convoquait à dix heures dans sa tour d'ivoire.

Le rendez-vous fut bref. Il pensait qu'il serait préférable pour moi de rentrer à Paris. Pas de surprise, je m'y étais préparée… Lorsque l'on ne s'échinait plus pour lui à 110 %, le petit chef avait tendance à se débarrasser de nous. C'est vrai qu'il y avait eu beaucoup de tourbillons dans ma vie ces derniers temps, entre le départ de mon grand-père, l'accident, le voyage aux portes de la mort et le retour à l'absurdité du « lister-performer-rayer », qui était devenu un mouroir. Tout cela m'avait détachée, mon objectif premier n'était plus de faire le toutou haletant devant le petit chef. J'avais beaucoup de chance, car, en grand seigneur, il ne me jetait pas aux ordures, il m'ordonnait gentiment, comme on dirait à une gamine d'aller dans sa chambre, de rentrer à Paris.

Après son habituel raclement de gorge, il me dit :

– Prenez contact avec les équipes et regardez les postes qui sont disponibles au siège. N'hésitez pas à me mentionner pour que je puisse appuyer votre candidature. Gabriella vous donnera la marche à suivre pour la fin du contrat et le rapatriement.

Merci, petit chef, mais j'étais moi-même dans les RH, alors je savais lire entre les lignes de tout ce bla-bla. Il termina sa tirade par :

– Vous avez jusqu'à la fin de l'année.

Bien évidemment, avant de me dire tout cela d'une voix condescendante, mais qui se voulait bienveillante, il avait vanté mes mérites et me présentait le tout non pas comme un licenciement, mais comme une faveur, accordée après toutes les tempêtes. Son activité de petit chef avait mis fin à notre entretien lorsque, coupé par la sonnerie de son téléphone, il m'avait fait un geste de la main qui signifiait qu'il était temps de prendre congé.

J'étais restée silencieuse. Je n'avais rien de bon à lui dire, alors je préférais me taire. Déverser ce que je pensais de lui n'aurait servi à rien d'autre qu'à accentuer l'incompréhension entre nous. Depuis le voyage, nous ne parlions plus la même langue.

Ce fut la dernière fois que j'entendis la voix du petit chef. Peu de temps après, un jour pluvieux de novembre, il fut lui-même détrôné par un autre petit chef. Il sortit de son bureau calmement, attaché-case sous le bras, sans dire au revoir plateau. Dans le monde de l'entreprise, où la loi du plus fort sévit, où l'on tue ou l'on est tué, personne n'est indispensable, jamais.

Chapitre 53. La peur au ventre

J'avais la peur au ventre. C'était une peur bruyante qui me torturait de l'intérieur, comme si un millier de rats me rongeaient les entrailles. Je n'avais aucune idée de ce que j'allais faire, mais je savais ce que je ne voulais pas faire. Je ne voulais pas rentrer à Paris. Je ne voulais pas de ce rapatriement forcé et je ne voulais pas non plus continuer ma vie d'avant.

Pendant mon voyage dans le rêve, j'avais décidé de changer de direction, de choisir le chemin des rêves, de l'improbable, et je voulais m'y tenir. Je voyais donc cette opportunité comme ce qu'elle était : une opportunité. Un cadeau tombé du ciel qui me forçait à tout bouleverser. Sans cela, j'aurais difficilement quitté mon emploi sécurisant et bien payé d'ouvrière intellectuelle. Il m'aurait fallu beaucoup de temps, peut-être des années et un élixir de courage, pour le faire. Mais l'univers m'offrait une sortie de secours si évidente que je ne pouvais pas la rater.

Le jour où je quittai ma place, certains chevaliers essayèrent de me sauver. L'un d'entre eux me proposa un nouveau poste brillant et basé à New York pour l'antenne parisienne de l'entreprise, ce qui traduisait toute l'affection qu'il me portait. Mais, même si je ne pouvais nier que j'avais parfois des airs de damoiselle en détresse, je n'avais pas besoin d'être sauvée. L'univers me testait et je tenais bon. D'ailleurs, j'étais prête à sauter du haut de la tour et à m'écraser face la première sur le bitume plutôt que de rester une minute de plus prisonnière de cette tour new-yorkaise.

Certes, j'étais une princesse, mais j'étais aussi mon propre prince.

Chapitre 54. Questionner la providence

Prétextant prendre des nouvelles sur ma santé, Carl me recontacta. Lui aussi arrivait au grand galop sur son cheval blanc, dégainant les SMS comme il aurait dégainé son épée. J'aurais certainement dû lui répondre, ne serait-ce que par gentillesse, mais je savais déjà qu'il m'emmènerait dans une vie où je ne voulais pas aller. Une vie sans amour et bien trop banale à mon goût.

Après l'accident, je m'étais demandé si c'était la providence qui avait remis Carl sur ma route. Il s'agissait tout de même d'une coïncidence étrange que de m'être retrouvée dans le service de l'hôpital où il travaillait… J'avais fouillé ses réseaux sociaux à la recherche du détail qui ferait balancer mon cœur. Je ne l'avais pas trouvé. Il vivait toujours à Manhattan, sur Riverside Drive. Il semblait être en couple avec une fille russe, très belle, une certaine Nastasia. Il faisait un footing presque tous les jours et postait ses résultats de course sur Facebook, s'était mis au golf et venait de passer un long week-end à Montauk, dans les Hamptons.

Rapidement, j'avais pu dresser le tableau qu'aurait été notre vie. Nous nous serions fréquentés plusieurs semaines, quelques mois peut-être, pour emménager ensemble sans perdre de temps, au vu de nos âges respectifs. Nous aurions choisi un bel appartement sur le West Side pour qu'il puisse facilement rejoindre l'hôpital de Yonkers. On serait allés courir tous les jours, même si je ne détestais rien de plus, mais je n'aurais pas pu lutter contre la bonne parole de l'homme de sciences : « Allons Éloïse, il faut travailler ton cardio. » Nous serions allés aux terrains de golf Upstate le week-end et je me serais ennuyée à en mourir. Pour me faire plaisir, il m'aurait offert un chien que l'on aurait appelé Alice, pour qu'elle nous emmène au pays des merveilles, mais le pays des merveilles ne se serait jamais offert à nous.

Certes, il était toujours aussi beau et semblait toujours aussi parfait, mais il n'était irrévocablement pas pour moi. D'ailleurs, je n'avais pas envie d'une vie parfaite et je n'avais pas fait tout ce chemin pour y succomber maintenant, même si la facilité me tentait. J'avais envie d'une vie qui me ressemblait, même si je ne savais pas encore ce que cela signifiait. Et puis, il n'y avait pas le pincement au cœur qui faisait danser l'âme autour du feu, donc ça ne pouvait pas être la providence. Je le savais. Le revoir n'aurait été juste pour personne, alors ses messages restèrent sans réponse.

Une chose que je peinais à m'avouer, tant j'en avais honte, était qu'en me réveillant ce jour-là dans mon lit d'hôpital, pour un instant, j'avais espéré qu'il soit, là. M. J'avais espéré que ce soit M à mon chevet. Bien évidemment, cela n'aurait eu aucun sens, mais dans l'amour, il n'y en a pas toujours. J'avais aimé à perdre la raison et, même si je l'avais fui à des milliers de kilomètres, même si je l'avais banni de mes souvenirs, même s'il n'était pas parfait, même s'il n'était pas à moi, M. était encore avec moi. J'étais cette pauvre fille, le cœur plein, qui n'avait plus toute sa tête, qui aimait sans raison et sans retour.

Fort heureusement, tout n'était pas perdu : dans mon grand malheur, je n'avais pas encore de chat.

Chapitre 55. Le dernier jour du condamné

New York,

lundi 31 décembre 2018

Le dernier jour de décembre arriva vite. Il emportait avec lui ma vie d'avant. C'était avec mélancolie que je vivais ce dernier jour du condamné.

Je voulus que mon dernier passage dans l'entreprise soit majestueux. J'avais un goût certain pour le théâtre, et j'avais si bien joué mon rôle jusqu'alors que mon public méritait une dernière représentation en grande pompe. Je portais pour l'occasion un costume de patriarche noir satiné, marquant le deuil, que j'avais marié à la volupté d'un chemisier en mousseline de soie paré d'une lavallière décadente et de talons à semelle rouge aussi hauts que l'Empire State Building. Le déguisement était complété par un maquillage effet peau nue et une bouche rouge Dior Dolce Vita, pour le côté dramatique et piquant. Je m'étais enveloppée de parfum 24, Faubourg, ce bijou invisible, classique et si chic, au poudré aristocratique, qui impliquait une attitude fière et droite. C'était le parfum avec lequel je m'enrobais lors des grands événements.

J'avais les cheveux au vent, avec une élégance aérienne et un brin de nonchalance : parfait pour l'occasion.

Il y avait eu le dernier lister-performer-rayer, auquel j'avais à peine touché, car les derniers jours, bien qu'inévitables, étaient toujours remplis d'inutilité. Le dernier café instantané, devant cette machine bruyante, m'avait replongée instantanément dans le souvenir de M. Le dernier déjeuner, plein de bienséance, de sourires hypocrites et de fausses promesses. Et le dernier e-mail, succinct, qui annonçait au reste du monde que je partais. J'y mis de l'émotion, j'aimais le tragique.

Après avoir rendu les quelques possessions empruntées pendant des années, je m'éclipsai, comme le petit chef, sans fête ni tralala. Mes adieux, je les avais déjà faits depuis longtemps. J'avais emprunté le couloir de la mort qui menait tout droit au signe « Exit » et, même si les rats de l'angoisse me mangeaient toujours les entrailles, après avoir passé le dernier portillon lumineux, je me sentis plus libre que jamais.

Chapitre 56. Désintoxication du devoir

« Avance avec les “je veux”, pas avec les “je dois”, *love* », m’avait dit Janis, en grattant sa guitare sur un rythme de blues rock, comme si elle écrivait les paroles d’une chanson. Mais le devoir était une drogue que l’on m’avait injectée par intraveineuse depuis ma plus tendre enfance. J’avais vécu sous la tyrannie du devoir, où le choix n’était pas une option. J’avais dû obéir à mes parents, respecter mes aînés, faire des études, boire les paroles de mes professeurs, trouver un bon job, payer mon appartement, régler mes factures, montrer ma soumission au petit chef, pratiquer mon devoir citoyen, me mettre à genoux face à l’homme et, selon mon père le metteur en scène, même après la révolution féministe, endosser mon devoir de femme : trouver un bon mari, me marier et avoir des enfants !

Sauf qu’en fait je ne devais rien du tout, ou plutôt, la seule chose que je devais, c’était bannir ce devoir et répondre au vouloir. Répondre au vouloir, c’était comprendre qu’il y avait un choix dans toute chose. C’était ne pas me placer en prisonnière du devoir. C’était mettre fin au rôle de victime et me libérer des chaînes qui m’entravaient. C’était être en pouvoir et au pouvoir. C’était répondre au « qu’est-ce que j’aimerais faire ? », c’était répondre à l’appel du cœur et marcher, courir, voler afin de parvenir à mon improbable.

À partir de cette prise de conscience, je ressentis une sorte de dégoût en entendant les mots « je dois… je n'ai pas le choix », qui enlevaient tout pouvoir à la personne qui les prononçait. Je ne me supportais pas lorsque, faiblement, j'utilisais ces mots, « je dois ». Je m'entraînai alors à les répéter dix fois, vingt fois, cent fois, « je dois », « je dois », « je dois », jusqu'à leur faire perdre tout leur sens. « Je dois » étaient les mots du lâche, du perdant, du prisonnier, de la victime, du soumis. Oh ! Je les avais prononcés, ces mots, très souvent, même, mais ils étaient désormais pour moi à bannir. Tout était un choix. Absolument tout. Et je choisissais de me désintoxiquer du devoir. Je ne devais rien à personne, ni l'obéissance, ni le respect, ni tout autre chose. Si je le voulais, je pouvais accorder ces choses, mais c'était un choix, mon choix de femme libre.

À partir de ce jour, je choisissais ma vie.

Chapitre 57. Le choix

J'avais des choix à faire et j'entamai la nouvelle année en posant les conditions de ma nouvelle liberté. Tout d'abord, je ne m'imaginais pas vivre en anarchiste, ou dans la forêt seule avec les loups : mon premier choix fut donc de répondre par la positive à certains devoirs nécessaires à l'appartenance à une société. Ensuite, je savais qu'une terre inconnue me serait inconfortable. Repartir de rien n'était pas simple, alors mon deuxième choix fut de ne pas remettre les compteurs tout à fait à zéro. Je répondis aux questions pratiques de manière pragmatique.

Je fis le choix de retirer de la banque mon 401(k)[3], qui me permettrait de vivre pour quelque temps, un an, deux peut-être, en réduisant un peu mon train de vie. Je décidai de garder un pied dans le confort et de rester à New York dans un premier temps. La ville n'était pas le problème ; le problème, c'était tout le reste.

Pour le reste, je choisis de renouer avec mes rêves et de construire mon improbable. Dans cet improbable, il y avait l'écriture, alors je me mis à écrire au sujet de mon voyage. Je voulais partager les enseignements de Janis et tout ce que j'avais appris là-bas.

Au cours du mois de janvier, les mots coururent sur le papier. L'écriture fut abondante. Le rêve du voyage était encore tout

3. Nom de l'épargne de retraite aux États-Unis.

proche de moi, il m'habitait au quotidien. Mon grand-père venait souvent s'asseoir sur la liseuse du coin bibliothèque, j'étais heureuse de le recevoir à la maison. Au cours du mois de mai, les mots accrochèrent le papier. L'écriture fut moins fluide et le rêve me paraissait un peu plus lointain. Mon grand-pèrc était une pensée persistante sur la liseuse. Il vadrouillait probablement en ville, New York était si belle à cette période de l'année. En septembre, le papier se déchira sous le poids des mots qui se paralysaient et le rêve était une belle illusion. Mon grand-père n'apparaissait plus que dans une photo que j'avais placée dans un cadre de verre, accroché au mur derrière la liseuse. J'avais pleinement retrouvé la raison.

J'avais découpé mon improbable en petits probables. Des petits pas qui ne me paraissaient pas infranchissables. Au lieu d'écrire en livre, j'écrivais en chapitre, parfois même en paragraphe. Je me mâchais la création. Mais mon plus gros problème était que le voyage ne faisait pas sens lorsque je tentais de l'écrire. Rien de ce que j'avais vécu ne faisait sens : comment l'expliquer par le raisonnable lorsqu'il était par essence irraisonnable ? Alors, oui, j'écrivais, mais j'adaptais mon rêve pour écrire ce que je pensais devoir écrire, ce qui pourrait être lu. C'est ainsi que le devoir refit surface et que je renouai avec les vieilles habitudes, les « il faut » et les « je dois » qui voulaient ma peau.

Malgré une lutte féroce, comme une junkie, cette année-là, je revins encore régulièrement vers cette drogue tenace. Mais, tout de même, en décembre, j'avais mon premier livre. Il n'était pas ce à quoi je m'attendais et ne ressemblait en rien au voyage que j'avais vécu, mais il était ce qu'il était et je me disais qu'il avait au moins le mérite d'exister.

Chapitre 58. Nouvelle vie

Plus d'un an s'était écoulé depuis l'accident. Ma nouvelle vie était en marche et je fêtai le réveillon comme le précédent, le nez plongé sur mon livre ; mais, cette fois, il était presque prêt à paraître. 2020 allait être la plus belle année de ma vie, je l'avais fermement décidé.

À mon grand étonnement, j'avais obtenu le Saint Graal : le contrat d'édition. J'avais écrit, tous les jours, à heures régulières, entre cinq et cinq mille mots selon mon état, certes par devoir, mais sans excuses. Je ne me laissais pas le droit, ni le choix, à l'erreur. Puis j'avais envoyé mon manuscrit à quelques éditeurs et j'avais reçu l'inattendu. Trois fois, en fait. Trois beaux contrats inattendus, qui m'offraient le choix et étaient presque trop beaux pour être vrais.

Dans cette nouvelle vie, me trouvant de l'autre côté de la barrière de la peur, tout me paraissait plus simple et en vérité beaucoup moins ardu que je ne l'avais imaginé. Assurément, l'écriture ne m'avait pas épargnée, elle m'avait donné des crampes aux doigts et les yeux saignants. Ça n'avait pas été de tout repos et le travail était bien plus ingrat qu'il n'y paraissait, mais je l'aimais.

La vie trépidante de l'auteur était remplie de son lot de contraintes et de mauvaises heures, comme pour tout. C'était une vie solitaire, passée devant un ordinateur, à aligner les mots, former des phrases, créer des histoires. C'était une vie que l'on vivait dans son histoire, parfois à la frontière de l'irréel, un pied dans le monde, un autre dans le rêve. C'était une vie à l'écoute du cycle créatif, qui laissait peu de place à autre chose, en tout cas pour moi. C'était une vie remplie du grand méchant doute, mais c'était la vie que j'avais choisie, pour de vrai, cette fois-ci.

Chapitre 59. Le bonheur d'être en librairie

Paris,

vendredi 20 mars 2020

Je revins à Paris pour la publication de mon livre. J'avais décidé de rester quelque temps en France afin d'être au plus proche de l'accomplissement.

J'avais le bonheur et l'honneur de me trouver en librairie ! Et même si, période oblige, les rideaux de fer cachaient les devantures et que la pénombre la plus complète avait envahi les lieux, on n'allait pas m'enlever le plaisir de me retrouver à l'intérieur, sur les étalages, aux côtés de ces femmes auteures que j'aimais tant.

Je sous-louais mon bel appartement new-yorkais au profit d'un petit appartement dans le sixième arrondissement, rue Saint-André-des-Arts. Il donnait sur une cour privée pleine de verdure, ce qui, pour la période de confinement, était un luxe. La chambre était en sous-sol et le métro qui passait sous l'appartement faisait vrombir les murs. C'était un bruit sourd qui me faisait penser aux grondements des entrailles de la terre, comme si la descente aux enfers s'annonçait.

Comme tous les ouvrages des étalages, j'étais moi-même dans le noir complet. J'avais placé tout mon espoir dans cette publication et, après avoir découvert les premiers résultats des ventes, je me rendis compte que la route allait être beaucoup plus longue et difficile que je ne le pensais. J'avais vendu quelques milliers d'exemplaires durant les premiers mois. Enfin, quelques milliers, plutôt proches de deux que de cent… mais je ne pouvais me résoudre à inscrire ce nombre sur papier, tant je le trouvais ridicule. J'y avais passé tout mon temps et toute mon énergie pendant plus d'un an, pour un résultat qui me permettrait à peine de payer un mois de loyer. Il me semblait que si je m'étais postée à Time Square, sur le bitume, chapeau retourné, j'aurais pu prétendre à un meilleur revenu.

– Tu ne dois pas rougir du résultat, me dit Charles, mon éditeur. Il est bien meilleur que la moyenne, surtout en cette période. Tu sais, dans le domaine du développement personnel, un ouvrage qui sort sur le marché se vend entre 600 et 900 exemplaires. Tu es bien au-dessus !

Mais non, je ne savais pas. Ou plutôt, par naïveté ou par optimisme, au choix, je n'avais jamais imaginé le drame que pouvait être la vie d'un créateur. D'un côté, il avait les J. K. Rowling de ce monde, que l'on pouvait probablement compter sur les doigts d'une main. De l'autre, il y avait tout le reste, et j'en faisais partie.

M. m'appela plusieurs fois, mais, à chaque fois qu'il me donna rendez-vous, il annula au dernier moment. Je ne savais pas s'il le savait, ou s'il s'en doutait, mais c'était une période particulièrement difficile pour moi. Je me sentais si vulnérable et, en faisant cela, il ajoutait une peine à ce début d'année chargé. Ses prétextes pour annuler, tournant autour de son agenda de ministre, n'étaient que des prétextes. Il semblait en lutte constante contre lui-même.

Alors, personne ne pouvait gagner et tout le monde était perdant, car comment peut-on lutter contre soi-même ? C'était pour moi la recette du malheur, et aussi l'annonce d'un désastre à venir.

La veille de la sortie de mon livre, il m'avait téléphoné, avait demandé à me voir, se réjouissait de me retrouver et, dans l'heure qui avait suivi l'appel, m'avait rappelée en me disant : « Écoute, désolé, mais finalement je ne peux pas me libérer », comme s'il avait tout à coup le poids du monde sur les épaules. J'avais eu envie de me lancer dans un grand discours, mais, faute de n'avoir rien de constructif à lui dire, j'étais restée, et restais encore, silencieuse.

Mon sentiment était une évidence contre laquelle je ne pouvais rien faire, sinon rester silencieuse en espérant qu'un jour il ne soit plus… évident. Cependant, ce sentiment n'était plus aveugle et, bien que nous fussions proches géographiquement, il n'avait jamais été aussi loin de moi. Ironiquement, il y avait à présent une sorte de distance entre nous, une prise de recul qui me permettait de le voir, de le voir vraiment. J'avais l'impression de ne plus le connaître. Il n'était pourtant pas parti de mon cœur, il n'était pas non plus parti de mes nuits, mais il ne m'habitait plus de la même manière. Son goût de barbe à papa s'était effacé de ma bouche. Peut-être avais-je construit un personnage dans ma tête, un sensible au grand cœur qui n'existait pas dans la réalité, ou peut-être que, après tout ce temps, tous ces non-dits et toute cette lâcheté, il m'avait finalement déçue.

Chapitre 60. La réussite n'est qu'une perspective

– Tu ne gagneras jamais ta vie en tant qu'auteure, Éloïse ! On ne fait pas d'argent avec les livres. Sois raisonnable, retourne vite dans une entreprise, avant qu'il ne soit trop tard, ou bien marie-toi.

Ces paroles, tantôt prononcées de manière condescendante, tantôt remplies de bienveillance, étaient celles de tout mon entourage, ou presque. On me proposait deux options, l'entreprise ou le mariage, mais aucune ne me convenait. Comme une sorcière moderne, j'avais osé pécher en me libérant de la place que l'on me réservait, et pour cela on me pensait perdue, on me destinait au bûcher. Mais je ne pouvais me résoudre à penser que je n'étais pas sur la bonne voie. Tout en moi me disait de continuer. Tout sonnait juste, même si la mélodie était incomplète. Tout arrivait pour une raison, pour le mieux et même si le mieux était difficile à voir à ce moment précis, j'avais la conviction que le sens se dévoilerait un jour prochain.

Il me semblait que la réussite était un idéal jalonné d'embûches et qu'il était donc tout à fait normal de chuter, ce qui me faisait me questionner sur le sens de la réussite. Était-ce gagner beaucoup d'argent ? Était-ce obtenir de la reconnaissance ? Était-ce gagner à être connu ? Je compris que, pour moi, la réussite se résumait à la satisfaction personnelle. La réussite était une nuance changeante, selon qui la regardait. Je pouvais dire « j'ai vendu 2 000 exemplaires de mon livre » dans un état d'extase, ou d'une voix agonisante, comme si c'était une catastrophe. La réussite était une question de perspective.

Quelques années auparavant, une auteure qui faisait paraître chaque semaine une newsletter que je suivais avec intérêt avait envoyé, avec extase : « J'ai vendu 2 000 exemplaires de mon livre ! » Je me souvins m'être dit à ce moment-là : « Chapeau ! »

Cette fois-ci, j'étais de l'autre côté, sans chapeau et sans extase. Certains me disaient, au sujet de mes ventes : « Tu as des objectifs bien trop élevés, redescends sur terre ! » Comme si je demandais la lune. Aurais-je dû amoindrir mon improbable afin de l'atteindre ? Non : j'avais pris la décision de vivre dans les rêves et de suivre la route du cœur, alors j'allais persévérer. La lune, je la voulais.

Il y avait un millier de raisons pour lesquelles ça n'avait pas fonctionné exactement comme je le désirais, et il aurait pu y avoir un millier de raisons pour lesquelles ça aurait fonctionné. Mais le réultat était là et je n'avais pas envie de me cacher derrière les faux-semblants. Le « *fake it until you make it*[4] » était tout ce que je détestais, tout ce que je ne voulais pas faire ni devenir. J'allais assumer mon échec et trouver un moyen d'en tirer parti.

4. « Fais semblant jusqu'à ce que tu y arrives. »

Chapitre 61. Chasse aux sorcières

La réussite avait un visage changeant et il était clair que, pour certaines personnes, je réussissais sans équivoque. J'avais été publiée dès mon premier essai, alors que d'autres patientaient des années avant que cela n'arrive. J'avais rallié à ma cause une vingtaine de personnalités qui avaient accepté de participer à mon livre. J'avais fait quelques apparitions dans les médias et donné plusieurs interviews. Cette vague vogue d'un soir me valait désormais un procès pour sorcellerie. J'étais victime d'une chasse perpétrée non pas par des pères, mais par mes pairs. Des femmes, d'une immaturité accablante, pointaient du doigt ma jeunesse et mon manque d'expérience. D'autres médisances étaient encore plus basses et viles. Je devinais que ces personnes n'avaient même pas pris la peine de lire le livre qu'elles critiquaient, elles m'avaient condamnée sans procès.

Je me questionnais sur les raisons de cette condamnation. Je comprenais le fait de ne pas être d'accord avec quelqu'un, mais était-il nécessaire de juger si durement ? De traîner dans la boue sur la place publique ? À l'heure du féminisme et de la sororité, comment pouvaient-elles se féliciter d'en saigner une autre ?

Quelques jours plus tard, je reçus le coup de téléphone d'une de mes connaissances, une auteure-instagrameuse qui avait sorti son premier livre en même temps que moi. Ses ventes se comptaient en centaines de milliers et elle ne savait plus où donner de la tête. Lorsque je raccrochai le téléphone, aussi heureuse pour elle que je pouvais l'être, des sentiments que je n'aimais pas s'emparèrent de moi. Le jugement et la comparaison me foudroyèrent. Pourquoi, dès que quelqu'un réussissait quelque chose, ne savions-nous pas nous en réjouir de manière pure et sincère ?

Le jugement nous hante. La comparaison nous ronge. Lorsqu'on s'y adonne, ils nous procurent d'abord ce rush, ce sentiment de supériorité qui nous fait nous sentir bien pour quelques minutes : on juge pour se placer au-dessus de l'autre. Puis, la culpabilité, l'acide que l'on a jeté sur l'autre, nous brûle le cœur.

Les mots de Janis me revinrent avec force : « Il n'y avait rien de vrai dans la parole des malades de la brumure, *love*, car ils ne réagissaient qu'à leurs propres blessures ». Ces femmes qui m'avaient si durement jugée réagissaient à leurs propres blessures et je réagissais aux miennes. « *Love*, n'oublie pas que c'est aussi un choix que de garder le cœur ouvert, même dans l'adversité, même quand on est blessé… C'est ça, emprunter le chemin du cœur. C'est ça, vivre au pays de l'amour. »

Chapitre 62. Quand l'ego fait la loi

La solution pour que mes livres se vendent mieux m'avait été donnée par l'attachée de presse de ma maison d'édition : « Il faut que tu développes tes réseaux sociaux, de nos jours c'est la condition *sine qua non* au succès ! » Mais tout ce bruit était pour moi une atteinte à la vie privée et j'avais bien trop besoin de ma liberté, de mon intimité, pour supporter le vacarme des réseaux. Je ne voyais pas l'intérêt de partager ma vie, New York ou Paris, mes vacances en Turquie, la belle vue sur la mer, la salade que je venais manger… rien de toutes ces futilités ne m'intéressait chez les autres, pas même chez les Windsor, alors quel intérêt ? #vacances, #salade, #jétouffe, #*killmenow*.

Je m'essayai quelque temps à la pratique, mais elle m'accablait. Je trouvais d'un ridicule accablant tout ce que je postais : entre les citations bateau de type « *believe in yourself*[5] » et les photos de plage, le navire prenait l'eau. Je pris conscience de notre incapacité à aller contre nous-mêmes. Certes, je faisais partie de cette génération qui se devait de se sentir à l'aise sur les réseaux sociaux, mais, si tout cela n'était pour moi que perte de temps, voyeurisme et loi de

5. « Croyez en vous. »

l'ego, je n'allais pas passer ma vie à barboter dans cette inutilité désarmante.

Ces outils auraient pu être merveilleux, car ils favorisaient la connexion humaine, rassemblaient pour créer une précieuse unité. Mais dans un monde où le jugement, la compétition et la comparaison régnaient encore, ils ne faisaient à mon sens qu'accentuer la séparation des êtres. Je n'étais pas prête à vendre mon âme au diable de la popularité. Apparemment, ma liberté et mon envie de respirer dans un monde qui aurait comme religion la gentillesse comptaient plus pour moi que la réussite d'un livre. Et puis, je ne voulais pas me résoudre à penser que le fait de partager une photo de ma salade était la condition *#sinequanon* pour vendre mon livre. Je me trompais peut-être, mais j'étais prête à y laisser ma chemise.

Chapitre 63. Librairie de l'inconnu

Cet été-là, je me sentais un peu perdue. La route n'était pas toute droite. J'avais tellement donné, pour un résultat mitigé, que le découragement me guettait. Jusque-là, j'avais choisi d'avoir confiance, de retenter ma chance indéfiniment, comme mamie et son loto, mais me suffirait-il d'une vie pour obtenir les bons numéros ? Les petites synchronicités et mon amie l'intuition ne m'avaient pas abandonnée, et tout en moi me disait que j'empruntais la bonne route, celle qui allait me mener à mon improbable. Pourtant, je commençais à sentir ma confiance défaillir. Sournois, le doute arrivait. Il prenait de plus en plus de place en moi, comme une plaie qui ne guérissait pas et qui, peu à peu, se transformait en gangrène, jusqu'à la paralysie. Je devais contenir sa progression. J'avais besoin d'un nouveau signe. Alors, depuis l'obscurité de ma chambre parisienne, au sous-sol, dans ce monde souterrain, au plus proche de l'enfer, je me mis à prier. « S'il te plaît, aide-moi, Papou, aide-moi. »

Ce furent les mots que je prononçai à voix haute, comme une incantation lancée au ciel, une supplication en désespoir de cause. Mais, rien… Pas de voix, pas de chuchotement, seulement le silence du vide.

Au matin de ma première prière, il n'y avait toujours rien. Pas de rêve, ni de réponse, mais l'espoir n'avait pas dit son dernier mot. Ce fut lui qui me fit me lever, enfiler une petite robe, me munir d'un bon livre et sortir profiter de cette chaleur au dehors. J'allai au jardin du Luxembourg, qui se trouvait à deux pas de l'appartement, et m'installai à une petite table de La Terrasse de Madame. Après m'y être détendue quelques heures, à lire et observer les passants, j'empruntai le chemin du retour, sans savoir vraiment où j'allais. Je n'avais aucune envie de retourner aux enfers, alors je hantais les rues comme une âme en peine, toujours à la recherche de mon signe.

J'entrai ensuite dans l'église Saint-Sulpice et j'y allumai un cierge. Apparemment désespérée, j'étais prête à tout. Je continuai ma quête rue de l'Odéon, lorsque la devanture d'une librairie attira mon œil. Je stoppai net. Au centre de la jolie vitrine dont l'enseigne indiquait « Librairie de l'inconnu » se trouvait un petit carnet à la couverture coquille d'œuf, intitulé *Livre des rêves*. J'écarquillai les yeux comme un hibou. Sur cette couverture, il y avait des petites feuilles esquissées à la main, exactement comme dans mes souvenirs. Il s'agissait du *Livre des rêves*, de mon *Livre des rêves*.

J'entrai dans la petite boutique et demandai à voir le carnet. La libraire, une femme sympathique, mais à l'allure étrange, vêtue d'une tunique sans forme, coiffée d'une énorme chevelure frisée et arborant de gigantesques hublots encerclant des yeux globuleux, s'avança dans la vitrine et me le remit entre les mains, comme s'il s'agissait de la plus précieuse des lampes magiques. Je fis glisser mon pouce le long des pages pour qu'il révèle ses secrets, mais le carnet était vierge. Sa page de garde ne disait pas « Et si Morphée te portait secrètement conseil ? », comme dans mes souvenirs. Pourtant, c'était bien mon *Livre des rêves*, il avait le même toucher doux et légèrement texturé du papier buvard utilisé pour boire l'encre des plumes.

J'étais plongée dans mes pensées, peut-être même dans le rêve. Les mots insistants de la libraire me firent revenir à la réalité. Je ne savais pas combien de fois elle avait répété « est-ce que vous le prenez ? », mais par son curieux regard et ses yeux globuleux exorbités, je compris qu'elle avait dû les prononcer plusieurs fois.

– Oui, excusez-moi. Oui. Oui, oui, oui, je le prends.

C'était un grand « oui », un vrai « oui ». Elle me regarda, assez perplexe face à mon émerveillement devant ce petit carnet d'apparence anodine. Il me sembla qu'elle attendait quelque chose. Un miracle, peut-être ?

– Il faut que je scanne le code-barres, me dit-elle, alors que je n'avais toujours pas lâché le carnet et qu'elle avait la main tendue vers moi depuis deux bonnes minutes.

Je souris, un peu confuse, et lui tendis le précieux objet. Voilà le miracle qu'elle attendait. Moi aussi, j'avais mon miracle et je repartais avec lui, le *Livre des rêves* en poche.

Chapitre 64. Échapper à la réalité

Même avec les miracles, je ne pouvais pas échapper à la réalité. Un jour de mi-août, elle me rattrapa. Je me rendais gaiement à la boulangerie Pierre Hermé, rue Bonaparte. Je passais par des chemins de traverse pour profiter de ma balade. La matinée était douce et je virevoltais dans ma petite robe, sourire aux lèvres, bras dansants. Je me laissais conduire par l'envie et le bonheur de vivre que m'avait rendu le *Livre des rêves*. Il avait eu le pouvoir de me redonner confiance. Je me sentais accompagnée et guidée par l'univers tout entier.

En poussant la porte de la belle boulangerie, mon nez fut envahi par les délicieuses odeurs de pain, de sucre et de chocolat. Il y avait aussi un arrière-goût de croissants fraîchement placés sur l'étalage. Des couleurs, rouge, rose, jaune attiraient mon regard, mais ce fut sur un magnifique pain au chocolat, bien doré, que je jetai mon dévolu. Je brandis ma carte pour payer ma gourmandise, mais, surprise, le paiement fut refusé. Deux euros et cinquante centimes qui ne passaient pas. Solde insuffisant. Je n'avais pas de monnaie sur moi ; je m'excusai auprès de la vendeuse et sortis, bredouille.

Je rentrai à l'appartement le ventre vide, beaucoup moins enjouée au retour qu'à l'aller. Je m'installai calmement sur le canapé, ordinateur sur les genoux, ça ne pouvait pas être vrai, la réalité ne pouvait pas me rattraper si vite… Mais si. En me connectant à mes comptes, je découvris, avec grand effarement, que j'étais sans le sou. Pire que ça, même : j'étais prise à la gorge. Le temps jouait contre moi et j'aurais tant aimé me trouver dans un monde où le temps ne comptait pas.

J'avais tout donné à l'écriture, elle m'avait dépouillée. Alors, il ne me restait plus qu'une chose à faire : vendre ma chemise et la peau de l'ours. Je n'en avais plus besoin, de toute façon. J'allais me défaire de mon appartement new-yorkais et de toutes mes possessions matérielles. Je vivrais à nu, dans la simplicité, sans superficialité. C'était ma plus grande force aujourd'hui et, même si je n'avais pas encore gagné à être connue, pas même de quoi manger, j'avais au moins gagné cela.

Chapitre 65. La séparation

New York,

jeudi 27 août 2020

Pour me sortir d'affaire, je repartis à New York avec mon billet de retour prépayé. Je réunis les minuscules économies qu'il me restait, libérai mon appartement et vendis tout ce que j'y possédais, absolument tout : les vêtements, les sacs, les chaussures, les bijoux, les tableaux, les meubles et même les livres de collection.

J'obtins une somme raisonnable de cette séparation radicale. Une somme qui m'achetait du temps, mais je jouais à présent sans aucun filet de sécurité. J'entassai les quelques affaires qui me restaient dans le coffre de ma Mini Cooper. Je ne gardai que le vieux ou le sentimental, duquel je ne voyais pas l'intérêt de me séparer. Deux sacs de vêtements, principalement des vieux pantalons de yoga, des vieux pulls et des vieux tee-shirts, des vieux jeans et trois petits cartons de bricoles en tout genre : livres sans valeur, ustensiles de cuisine et autre barda. Je gardai mon luminaire en forme de singe, car il me rappelait le voyage. En rabattant la banquette arrière de la Mini, je réussis à placer, non sans mal et à l'aide de Jake, le portier, la liseuse qui venait de chez mes grands-parents. Même si je l'avais fait retapisser avec un tissu de lin crème, elle avait encore l'odeur de l'enfance et je n'avais pas voulu m'en défaire.

Et puis, je me disais qu'elle serait bien utile, mon grand-père aurait au moins un endroit familier et confortable où s'installer pour lire dans mon nouveau chez moi. Je gardai aussi l'exemplaire du *Petit Prince* de 1943 que j'avais offert à mon grand-père avant sa transformation, car même s'il valait quelques milliers de dollars, il avait à présent une valeur affective à mes yeux qui comptait bien plus. Enfin, j'emportai Melvin, ma peluche d'enfance qui ne m'avait jamais quittée.

Je fis un petit signe de la main à Jake. J'avais promis de revenir le voir, tout en sachant que je quittais probablement cette vie pour ne jamais y revenir. Je démarrai et partis pour une nouvelle vie, cette « nouvelle » nouvelle vie…

Chapitre 66. Le refuge

Après avoir programmé le GPS, je laissai couler de grosses larmes d'enfant en prenant la route de l'Hudson en direction de Sleepy Hollow, puis passai Cold Spring, Beacon, Poughkeepsie et enfin Woodstock. J'allai jusqu'à la frontière de la grande réserve naturelle indienne et là, après des kilomètres et de kilomètres de forêt vierge, au bout de la California Quarry Road, mon GPS indiqua l'arrivée. Il y avait un petit chemin de terre, presque indiscernable à cause des hautes herbes qui revendiquaient le moindre bout de terre. Katie Brown, la propriétaire de la petite cabane de bois que j'avais louée et payée d'avance pour quelques mois, m'avait prévenue qu'elle n'était pas facile à repérer depuis la route. Ça devait donc être là. Je m'avançai dans le petit chemin en roulant au pas, évitant les trous et les branches qui y avaient élu résidence. Les herbes qui raflaient le châssis faisaient un bruit monstre et je priai pour que la Mini survive à ces maltraitances.

Enfin, j'aperçus, bien cachée dans le bois dense, la cabane de pin blanche et verte. Autour de la maison, les arbres avaient été dégagés, ce qui lui permettait de respirer. Je stoppai la Mini dans un coin de la petite clairière. Sur le pas de la porte, il y avait deux gros pots remplis d'une jolie bruyère violette. J'ouvris la porte pour découvrir un intérieur rustique, mais fort chaleureux. Il y avait un petit sas d'entrée avec un portemanteau et un banc en chêne qui servait à se déchausser. Au sol, un joli carrelage à carreaux vintage.

Le petit sas donnait sur une grande pièce à vivre avec coin cuisine entouré d'un îlot, sur le côté, un coin repas avec une grosse table de bistrot, un banc encastré dans le mur, et enfin, un coin détente constitué d'un canapé et d'un rocking-chair et même d'un petit bureau face à la fenêtre où je m'imaginais déjà écrire. Au bout de la pièce, une grande baie vitrée donnait sur une terrasse entourée de lavande, parfaite pour profiter de l'été indien. Sur le côté du petit sas, il y avait une chambre et une salle de bains. Les peintures aux murs étaient encore belles et les tonalités étaient douces. Un enfilement de blanc, de coquille d'œuf et de pin laissé au naturel. Seul l'un des murs de la pièce principale était d'un jaune chaud et lumineux. L'odeur de renfermé avait pris place dans toute la maison. On voyait qu'il n'y avait pas eu de vie dans la cabane depuis un certain temps, mais avec un bon coup de ménage, de légères modifications dans le placement des meubles et un peu d'huile de coude, elle serait un adorable petit refuge en terre inconnue.

Partie IV

En TERRE INCONNUE

L'inconnu a toujours fait partie de moi. Il est là depuis que la mention « née de père inconnu » a été écrite à l'encre indélébile sur mon acte de naissance. Éloïse Forestel, née de père inconnu. Mon père, le metteur en scène, ne s'était manifesté que bien plus tard dans ma vie, à mes sept ans, quand, dans un regain de conscience, il avait décidé de faire barrer cette mention pour y apposer son nom. Mais la mention ne pouvait plus s'effacer, elle ne pouvait que se rayer. On tire un trait sur le passé et on recommence. Sept ans pour qu'il se décide à me mettre sur scène, à me faire sortir de l'inconnu et sept ans, quand on a que sept ans, c'est long.

En sept ans, moi, j'avais déjà reconnu un autre père, mon grand-père, que j'appelais « Papou ». Et à sept ans, avec le trait tiré et la nouvelle mention, on m'avait arraché à ses bras pour me remettre à mon père. Je crois que c'est aussi à ce moment-là que l'on m'avait arraché un premier petit bout de cœur.

C'était normal, la chose à faire. C'était mon père, après tout, le vrai, le biologique. Il me semblait même que l'on se félicitait qu'il m'ait enfin reconnue. Moi, je n'avais que peu d'opinions sur la chose, à part que grand-père, mon vrai « Papou », celui qui avait toujours été là, me manquait terriblement.

Jusque-là, comme deux inconnues au bataillon, nous avions vécu avec ma mère dans un petit appartement accroché à la maison de mes grands-parents. Il s'agissait d'une dépendance, à l'origine un garage, transformé en petit deux-pièces avec kitchenette et salle de bains. Ma mère suivait une formation d'aide vétérinaire tôt le matin, travaillait comme caissière à la supérette du coin la journée et allait monter à cheval le soir. J'ai peu de souvenirs d'elle à cette époque, beaucoup plus de ses parents, qui s'occupaient de moi. Ils étaient mon monde. C'était un cocon sans les barbelés, une vie modeste, mais remplie de jolie joie. Une vie dans laquelle je m'étais toujours sentie bien et à la maison.

Après avoir été barré de mon acte de naissance, l'inconnu avait envahi toute ma vie. J'avais une nouvelle maison, une nouvelle famille, un nouveau milieu, une nouvelle vie… créée par mon père, le metteur en scène. Ma mère et moi étions parties vivre dans cet inconnu macabre, aux Crobois, où les monstres faisaient rage et les fantômes voulaient notre peau.

Tout le monde là-bas me considérait comme cette inconnue qui n'avait pas sa place, l'enfant dont on n'avait pas voulu et que l'on avait rejetée, alors, même si la mention était modifiée sur l'acte, elle était à jamais tatouée au fer rouge sur mon front. « Tu ne t'appelles pas désirée », me répétait mon père, le biologique. Cette phrase était restée gravée en moi, comme une blessure profonde, qui avait laissé de grosses cicatrices et des bleus à l'intérieur. Mais elle était aussi cette force, celle de savoir faire face à l'inconnu. C'était un grand pouvoir, qui m'accompagnait encore. Je connaissais l'inconfort de l'inconnu et je savais aussi que, comme tout autre chose, cet inconfort passait et trépassait avec le temps…

« Avec le temps, va, tout s'en va », disait Léo Ferré. C'était si vrai.

Chapitre 67. L'arrivée

Woodstock, État de New York,

jeudi 3 septembre 2020

Pendant l'épidémie du Coronacoaster[6], le monde avait déserté les villes. New York était un fantôme et le tout Manhattan s'était donné rendez-vous dans ces forêts du nord de l'État, surtout en terre bohème, vers Woodstock et ses abords, alors je n'étais pas tant dépaysée.

Une fois arrivée, je fis un tour en ville afin de remplir le frigo et de me munir du nécessaire pour le grand nettoyage. Il me sembla que la petite ville de Woodstock était beaucoup plus animée que lorsque je l'avais visité pour la première fois, quelques années auparavant. J'y avais passé un long week-end avec Carl, en 2016. Je me souvenais avoir beaucoup aimé cette petite ville à l'influence hippie, bourrée de galeries et de magasins bobos, entourée de forêts et de montagnes, perdue au milieu de nulle part, et pourtant seulement à deux heures de route de New York.

Je passai les premiers jours à redonner vie à ma nouvelle habitation et à me demander quelle idée j'avais eue de venir m'installer ici.

---

6. Expression issue des termes « coronavirus » et « roller coaster » pour désigner les montagnes russes émotionnelles dans lesquelles les confinements ont plongé certaines personnes.

Je ne savais pas bien, à vrai dire, ce qui m'avait attirée à Woodstock. Peut-être était-ce juste l'option la plus simple, la plus spontanée, qui s'était présentée à moi pour un retournement de situation rapide. C'était en parlant à Jake de mon déménagement, et en lui confessant que je ne savais pas encore où j'allais poser mes valises, que j'avais eu le contact de Katie Brown, une veuve de l'immeuble new-yorkais. Il m'avait dit que Katie cherchait à louer sa maison de Woodstock, dans laquelle elle n'allait plus depuis longtemps. Je lui avais laissé mon numéro de téléphone et Katie m'avait appelée dans la journée. Elle m'avait expliqué qu'elle ne pouvait se résoudre à vendre cette propriété dans laquelle elle avait passé tant de bons moments avec son défunt mari, mais qu'elle n'aimait plus y aller seule. Elle n'y avait pas mis les pieds depuis des années et elle venait de se décider à la louer. Elle me l'avait proposée à un prix très attractif, me prévenant que la maison avait besoin de travail et de rénovation… ce qui m'allait très bien, comme je recherchais un endroit peu coûteux où écrire en toute tranquillité.

La maison était effectivement restée dans son jus, comme si Katie avait simplement arrêté d'y venir du jour au lendemain, sans prévenir de son départ. Elle avait laissé de tout, comme quand on part précipitamment : de la vaisselle sur l'égouttoir, des vêtements dans les placards, des livres spirituels sur une grande étagère, plusieurs romans policiers sur le guéridon du salon, un gros plaid mal rangé sur le canapé, des coussins de sol, un tourne-disque et une belle collection de vinyles, des produits de toilette et même quelques victuailles dans les placards de la cuisine : pâtes, sucre et un cabinet d'épices, heureusement rien qui n'aurait pu se détériorer au fil des années.

J'imaginais les week-ends qu'ils avaient passés ici. À écouter des vinyles sous le plaid au coin du feu l'hiver, ou à profiter d'un roman policier sur la terrasse baignée de soleil l'été. Je me demandais ce qui les avait fait quitter la maison si rapidement, sans jamais y revenir. Peut-être s'était-il passé quelque chose ici. Je ne savais ni où ni comment son époux était décédé. Peut-être aurais-je dû m'en inquiéter avant d'accepter la proposition, au risque, à présent, de partager mon habitation avec un pensionnaire non désiré.

Chapitre 68. Pause

En quelques jours, je remis de l'ordre et j'aménageai un coin lecture près du bureau avec la grande étagère aux livres spirituels. J'y rangeai mon carton de livres, avec *Le Petit Prince* bien en évidence, et je positionnai la liseuse de mon grand-père de sorte que, nichée dans son creux, je pouvais recevoir les rayons du soleil qui perçaient par la fenêtre à certaines heures. J'accrochai le luminaire en forme de singe à une étagère de la bibliothèque et je plaçai un gros tapis ethnique à franges qui apportait du douillet aux pieds sur le sol de bois clair. Ce petit coin était confortable et j'y passais pratiquement tout mon temps, à lire ou à écrire quand je le pouvais. J'aimais m'installer au bureau dès le matin, avant le lever du soleil ; le fauteuil de tissu ocre clair capitonné bien rembourré était moelleux, et la fenêtre offrait une belle vue sur un gros chêne aux branches crochues. J'aimais ce moment de silence, quand le jour était encore endormi. J'aimais être assise là et le voir se réveiller.

Je passais pratiquement tout mon temps à l'intérieur. Quand je n'étais pas au bureau ou dans le coin lecture, j'étais au lit. Je me confinais, non par obligation, mais par besoin de protection. J'étais coupée du monde, protégée par les murs de la maison, comme une tortue, recroquevillée dans sa carapace. Dans les bons jours, je faisais une balade en forêt ; dans les très bons jours, je faisais une petite marche dès le matin jusqu'au centre du village pour me prendre un café et poser les yeux sur un autre humain. J'essayais d'écrire, mais rien. Des mots sortaient, mais je les trouvais mauvais. Je doutais de tout. Je n'avais plus la force de rien et j'avais l'impression d'avoir été abandonné par la vie.

Je me sentais rejeté par le monde. J'avais été rejetée par mon père, par sa famille, par mes frères et sœurs de demi-sang pour qui je n'existais pas, par l'école, par l'entreprise, par l'homme, et maintenant j'étais rejetée par le public, ce public qui ne voulait pas de mon livre. La vie d'ermite, c'était ma réponse au rejet. J'étais la tortue qui rentrait dans sa carapace, j'étais Lily en boule dans le lit des Crobois, j'étais enfermée dans une cabane perdue au milieu de la forêt, à nouveau séquestrée par la peur.

C'était probablement mon chemin d'âme dans cette vie, que d'être amenée à comprendre ce sentiment de rejet qui envahissait l'être tout entier. Certains n'avaient peut-être jamais ressenti ce rejet, d'autres le connaissaient comme une anecdote d'un jour, d'autres encore, tout comme moi, l'avaient dans le sang et dans la tête, comme un filtre qui influençait tout, illogique et irréel : la brumure.

Le rejet avait des nuances. Il me faisait me sentir comme un imposteur… « Mais de quoi parles-tu ? Tu as tout pour être heureuse ! Comment peux-tu te placer dans la catégorie des rejetés ? De quel droit ? Quelle geignarde ! » Mais le sentiment était bien là, vrai, réel, dans toute son imperfection, et pour m'en guérir, je devais le regarder en face, le sortir de l'ombre. Seulement, l'ombre était partout. Elle était arrivée en silence, sans prévenir. Elle n'avait pas sonné avant d'entrer, s'était installée petit à petit et, tout à coup, elle avait pris toute la place à l'intérieur. Il n'y avait plus qu'elle. Elle n'était pas venue par hasard, alors je la laissais me parler, car j'imaginais qu'elle avait quelque chose d'important à me dire…

Les jours de grand noir, je me demandais si j'aurais mieux fait de recommencer à zéro, de vraiment recommencer à zéro :

me transformer, partir dans une autre vie, dans un autre moi. Peut-être que la route que j'avais prise dans cette vie était trop escarpée, ou peut-être que je m'étais fourvoyée, peut-être que j'avais tout faux, peut-être que toutes les erreurs étaient irréversibles… Puis je me rendais compte de l'idiotie de ces pensées noires. Je me sentais seule, terriblement seule, même le fantôme du mari de Katie Brown n'était pas venu me tenir compagnie.

Le trou que j'avais creusé était profond et je n'arrivais plus à communiquer avec le reste du monde. Je n'en avais pas envie. La seule chose que je voulais, c'était être seule, même si c'était bien la dernière chose dont j'avais besoin. Le seul être avec qui je communiquais encore était ma mère, qui se trouvait à des milliers de kilomètres. J'appelais aussi un peu ma grand-mère, mais je lui disais toujours « tout va bien », pour ne pas qu'elle s'inquiète.

Comme dans le rêve, le temps était distordu. À l'extérieur, je voyais les journées passer à une vitesse infernale. Le monde avançait sans moi, comme s'il tournait sur l'avance rapide du vieux magnétoscope, qui continuait de fonctionner avec ses failles. À l'intérieur du cocon, dans la carapace de tortue, le temps s'était arrêté. Moi, j'étais sur pause. Rien ne bougeait plus et je ne savais pas comment remettre en marche, comment relier le temps du dehors au temps du dedans. Je donnais ma langue au chat en espérant recevoir une réponse, mais ma télécommande, bloquée sur cette pause interminable, était perdue en terre inconnue.

Chapitre 69. Mercure en rétrograde

J'étais dans l'enfer de Hugo, celui où la chute dure mille ans. Je revivais le même jour encore et encore, un supplice que je m'infligeais à moi-même, sans avoir la force d'y mettre fin. Le doute me mangeait le ventre au quotidien. Mes yeux étaient constamment mouillés tant ce doute me faisait mal. Je n'arrivais pas à lutter, la plupart du temps, il gagnait. « C'est Mercure en rétrograde », m'avait-on dit en riant, mais je ne riais pas et j'essayais tant bien que mal de lui survivre. Pour quelques minutes par jour, ça marchait. Je me remettais à écrire, les idées revenaient, les mots filaient et, soudain, la pensée reprenait le pouvoir, les idées sombres revenaient en masse, le ventre tiraillait, la gorge se nouait et les doigts se bloquaient. Un sanglot, puis un autre. Encore.

Il n'y avait plus qu'une chose à faire. J'avais besoin d'aide. J'avais besoin que le petit bout d'âme me répète que l'on n'est jamais perdu parce que le cœur connaît le chemin. Alors, dans le noir de la nuit, je hurlais. Je hurlais pour que mon grand-père m'entende, pour qu'il vienne à mon secours.

« Papou, aide-moi.

Papou, aide-moi.

Papou, aide-moi. »

Le vide qui creusait le ventre. L'envie d'en finir. Je ne savais pas pourquoi c'était si vide et comment, comment j'avais pu en arriver là. La nuit qui prenait le dessus. Le sommeil qui l'emportait, et tout redevenait plus calme.

Chapitre 70. Sarah

Mes rêves étaient confus, intenses, incompréhensibles. Ils me provoquaient des migraines douloureuses, qui, certains jours, me clouaient au lit dès le réveil. Sarah m'apparut pour la première fois dans un de ces rêves. C'est elle qui me chuchota son nom. C'était une enfant de sept ou huit ans, très jolie. Elle avait de longs cheveux bruns légèrement ondulés, de très grands yeux verts en amande et des petites fossettes dans les joues. Depuis, je la voyais presque toutes les nuits. Dans mon rêve, elle me tenait la main, m'emmenait dans la forêt, nous marchions jusqu'à une très belle propriété, un genre de manoir en pierre avec des fenêtres à petits carreaux et du lierre grimpant sur la façade. Elle me conduisait par un large escalier de pierre jusqu'au pas d'une belle porte blanche, l'air avait un goût de cerises et je me réveillais.

J'avais du mal à interpréter la signification de ce rêve. Je ne connaissais pas Sarah, ni le manoir dans lequel elle m'emmenait. Ce rêve n'était pas fait de souvenirs. Il arrivait de nulle part. Il n'était pas émotionnel. C'était quelque chose de neutre, que j'associais donc à un rêve intuitif… sans encore en comprendre le sens. Ce qui me semblait évident, c'était que cette petite fille avait quelque chose à me dire.

Un matin, en me réveillant, je m'installai au bureau, les yeux rivés sur le chêne aux branches crochues. J'avais eu beaucoup de mal à m'extirper du lit, alors le jour s'était levé avant moi. C'était une journée aux teintes rougeâtres, comme une photo couleur sépia. Même le ciel saignait. La seule couleur qui se distinguait de ces teintes d'automne était celle de la grosse chouette blanche aux yeux perçants qui était postée sur l'arbre, face à moi. C'était la même chouette que celle qui voyageait dans mes nuits depuis si longtemps. Exactement la même. Était-ce l'aide de mon grand-père qui m'arrivait de l'au-delà ?

Je sortis de la maison, je voulais la regarder de plus près. Elle resta un instant à me fixer, puis étendit ses grandes ailes et s'envola dans l'immensité du bois.

– *Love*, quand on reçoit un signe et que l'on considère que c'est un signe, alors c'en est un et il est important de l'honorer.

Les mots de Janis frémirent en moi et l'espoir s'accrocha de nouveau.

Je nommai ma chouette Neige, comme sa belle couleur. Oui, elle était un signe… qui me redonnait un peu de force. La force de sortir de mon trou et de faire face au monde. Alors, je chaussai mes baskets et sortis profiter de cette belle journée ensoleillée.

Chapitre 71. Fleur

J'arrivai au village. En passant devant le Mud Club, un petit café populaire, je décidai de m'y arrêter pour prendre une grande boisson au lait d'avoine. Il y avait un peu de monde pour un jour de semaine. Je me plaçai dans la file « à emporter ». Devant moi se trouvait un homme accompagné d'un beau chien noir et blanc. L'un de ses yeux était bleu, l'autre vert. Le chien vint me dire bonjour en me léchant la main.

– Dixie, arrête ça, lui dit l'homme d'un ton ferme.

Je levai les yeux vers lui.

– Oh, ça ne me dérange pas, j'aime beaucoup les animaux. Particulièrement les chiens, lui dis-je.

Son visage était caché par une casquette. Lorsqu'il l'enleva brièvement, pour mieux la replacer en l'enfonçant un peu plus, je m'arrêtai un instant sur ses yeux. Il avait un regard bleu absolument magnifique, dans lequel on pouvait voir de la tristesse et des tourments. Il était brun, mal rasé et pas très propre sur lui. Dixie continuait sa danse de la joie, je la caressais volontiers et, comme il ne disait rien, je renchéris.

– Elle est vraiment belle. Qu'est-ce que c'est, comme race ?

– Un berger australien, me répondit-il sur un ton encore plus bref que lorsqu'il avait parlé à son chien.

Puis il empêcha Dixie de s'approcher de moi et me tourna le dos. Il était rustre, comme s'il n'était pas habitué au contact humain. Dixie s'était assise sagement à côté de lui, mais elle lui tournait le dos pour me faire face et continuait de me regarder, alors je fis un petit pas en arrière pour qu'elle ne puisse pas m'atteindre, et surtout, pour qu'elle ne se fasse pas gronder à cause de moi.

La personne dernière moi, une femme d'une quarantaine d'années, affublée d'une djellaba à fleurs et de deux grosses tresses noires à la Pocahontas, me fit un petit sourire en coin et leva les yeux au ciel. L'homme commanda son café avec le moins de mots possible, sans formule de politesse, et le retira des mains du serveur sans un merci. Étonnamment, il avait laissé un généreux pourboire, un billet de vingt dollars, qu'il avait glissé dans la jarre posée sur le comptoir. Il pensait peut-être que cela compensait son manque de politesse. Après avoir passé ma commande, je me retournai et le vis grimper avec Dixie dans un énorme quatre-quatre Mercedes noir scintillant, qui ressemblait à un tank. Il était probablement ce genre d'homme qui avait l'habitude de partir en guerre pour tout et n'importe quoi.

La femme derrière moi avait toujours ce petit sourire en coin et nos regards se croisèrent.

– Il n'est pas très sympa dans la vraie vie, hein ? On le préfère à l'écran, me dit-elle d'une voix aiguë et rapide.

J'en conclus qu'elle devait le connaître et que j'aurais dû le reconnaître aussi, mais mon manque d'intérêt pour les *people* en tout genre n'aidait jamais dans ce genre de situation.

– Ah, c'est quelqu'un de connu ? lui demandai-je.

– Mais oui, c'est Noah Maclan, me dit-elle. En même temps, c'est vrai qu'il est méconnaissable.

En voyant mes yeux perplexes lorsque je cherchai la connexion entre le nom et le visage, connexion qui ne se faisait pas, elle renchérit :

– Noah Maclan, c'est un acteur hyper connu !

Il n'y avait toujours rien dans mon regard, alors elle continua :

– Il a joué dans *Boy Toy*, *Cliché*, *Sans limites*, *Une star*… Non, ça ne vous dit rien ?

Ça me disait vaguement quelque chose. Il me semblait que, peut-être, j'avais vu quelques-uns de ces films, mais je n'arrivais pas à faire le lien avec le mec un peu sale que je venais de croiser.

– Je suis terriblement nulle avec le nom des acteurs, et le nom des films aussi, d'ailleurs. À vrai dire, je suis plutôt branchée livres…

Je finis ma phrase en souriant, un peu gênée de ne pas avoir pu la satisfaire.

– Non, mais vous ne ratez rien. Il ne fait pas de cinéma d'auteur, il est plutôt branché grand public, c'est très Hollywood… Et puis il n'a rien fait depuis longtemps, pas depuis que…

Mais elle ne termina pas sa phrase.

Je voyais que Pocahontas était une vraie pipelette et il me paraissait étrange qu'elle s'arrête d'elle-même, elle détenait probablement un secret d'importance.

– Pas depuis que quoi ? lui demandai-je.

– Eh bien, pas depuis qu'il a perdu sa petite fille.

Nous restâmes toutes les deux silencieuses suite à ces mots tragiques. Je lui fis un petit sourire mal à l'aise qui annonçait mon départ, mais avant que j'eusse le temps de tourner les talons, elle me demanda mon prénom et me donna le sien. La jolie Pocahontas s'appelait Fleur.

Chapitre 72. Sherlock Holmes

Une fois rentrée à la maison, mon *latte* avoine à la main, je m'installai au bureau et débutai par curiosité une investigation avec le meilleur outil que je connaissais à cet effet : Google. En tapant « Noah Maclan », je vis une flopée d'informations et d'images surgir. Je cliquai sur plusieurs photos type Hollywood, une à la première de *Boy Toy*, l'autre sur l'affiche de *Cliché*. Je le reconnaissais, mais vaguement, car l'homme que j'avais vu aujourd'hui n'avait rien de ce personnage des jolies photos hollywoodiennes.

Une vidéo intitulée « Le sauveur » avait des millions de vues sur YouTube et des tonnes de commentaires. En description, il était écrit « Interview de Noah Maclan par Billy Brown. *The Tonight Show,* octobre 2017 ». Le titre me fit sourire. Intriguée, je cliquai.

« Mais Billy, arrête… Les gens attendent un sauveur, un nouveau Jésus-Christ qui les délivrera du trou de la couche d'ozone et de la fonte des glaces, mais ce que les gens ne comprennent pas, c'est que le monde est entre leurs mains. Dans les mains de tous… Dans mes mains, dans tes mains… Dans celles du barman et du bourgeois gentilhomme. On peut tous agir à notre niveau sur le système, mais la plupart des gens sont fainéants, alors ils préfèrent rejeter la faute sur les autres, les entreprises, les gouvernements, plutôt que d'agir par eux-mêmes. Je déteste le côté "moi seul, je ne peux rien faire", c'est tellement lâche. Qu'on arrête de se rejeter la balle en pensant qu'il y aura un sauveur ! Le sauveur, c'est celui qui décide d'être plus conscient dans sa manière de consommer, d'acheter moins de merdes dont on n'a pas besoin, de recycler à la maison, d'éteindre les putains de lumières, de ne pas faire couler la douche dix minutes avant d'y entrer, d'éviter de prendre sa voiture pour parcourir 800 mètres quand on a deux jambes qui fonctionnent. Mais, non, la plupart des gens sont justes paresseux, ils ne réfléchissent pas et se rejettent la faute. Franchement, Billy, est-ce que tu penses que, quand quelqu'un jette un papier sur le trottoir ou par la fenêtre de sa voiture, comme j'en vois souvent faire, ce mec-là réfléchit ? Tu crois qu'il se dit qu'une fée poubelle va venir ramasser sa merde ? Billy, tant que l'on ne se prendra pas en main en arrêtant de croire qu'un sauveur, autre que nous-même, nous délivrera du mal de la terre, eh bien, on est foutus ! Et quand je dis "on", je parle de moi, je parle de toi, je parle de l'humanité tout entière. Sois le changement, putain… ça veut bien dire ce que ça veut dire, non ? Sois le changement ! »

Je restai un petit moment silencieuse pour ingurgiter ses paroles. C'était brutal, mais vrai. J'effectuai une autre recherche, « Noah Maclan 2020 ». Il y avait beaucoup moins de résultats pertinents, comme s'il avait disparu des médias. Un article datant de 2019 disait : « La fin d'une époque : l'acteur Noah Maclan, longtemps connu pour être l'un des plus grands play-boys d'Hollywood, se retire de la scène et annonce son départ "pour moi, c'est terminé". » D'autres articles s'intitulaient « La fin de Noah Maclan », « Où est Noah Maclan ? », « Noah Maclan est-il mort ? ». Il n'y avait rien qui mentionnait le fait qu'il résidait à Woodstock et je me demandai même si c'était bien Noah Maclan que j'avais croisé aujourd'hui. Il y avait certes un petit air de ressemblance, surtout dans ce regard bleu si triste, mais à part ça…

J'allais arrêter ma recherche et retourner à une activité plus constructive, lorsque, en scrollant jusqu'en bas de la deuxième page, j'aperçus le titre d'un article : « Les vraies raisons de l'arrêt brutal de la carrière de Noah Maclan. » Je cliquai. Le rédacteur y faisait état de la perte brutale de sa petite fille de sept ans dans un accident de voiture, qui l'avait plongé dans une dépression grave et l'avait fait tout arrêter. Il était mentionné que Noah Maclan était lui-même au volant. Et là, une photo, mes yeux rivés sur l'image de la petite fille, sans pouvoir les en détacher. Une petite fille aux longs cheveux bruns légèrement ondulés, aux très grands yeux verts en amande et aux petites fossettes dans les joues. Sarah. C'était la petite Sarah.

Chapitre 73. Toutes les larmes de mon corps

« C'est tellement mystérieux, le pays des larmes. »

Le Petit Prince,
Antoine de Saint-Exupéry

Sans savoir pourquoi, je fus emportée par un flot de larmes. Mes yeux inondés restaient figés sur la photo de la petite Sarah. C'était mon cœur qui parlait. Je crois qu'il me disait que j'avais ma preuve irréfutable, celle que je cherchais depuis si longtemps. Une preuve à laquelle on ne pourrait pas me dire « tu t'imagines des choses » ou encore « quelle imagination débordante ». Une preuve face à laquelle je ne pouvais pas, moi-même, me dire ces choses-là.

Jusqu'à présent, je doutais tellement de ce que je voyais, de ce que j'entendais. Mon grand-père, je savais que j'aurais pu l'imaginer. On m'avait même dit : « Ça fait partie du deuil, on voit nos morts, on les ressent, on leur parle, on les entend nous répondre. » Mais là, la petite Sarah, ce n'était pas ma morte. C'était la morte de Noah. Une morte qui, sans que je la connaisse, m'avait emmenée par la main dans les rêves et qui cherchait à me dire quelque chose. C'était la preuve. La preuve que je n'étais pas folle.

Mes lèvres tremblaient, je voulais hurler. Cracher le venin de la différence que les autres m'avaient envoyé pendant toutes ces années. Venin avec lequel je m'étais moi-même empoisonnée. Ce mot, « folle », qui résonnait dans tous les couloirs de ma tête. Folle. Folle à lier. Folle furieuse. Vieille folle. Jeune folle. Fille folle. Femme folle. Bonne à enfermer. Ce mot, méprisant, que j'avais entendu, enfant, tellement de fois dans la bouche des autres. Ce mot avec lequel on m'avait condamnée. Mais les larmes coulaient si fort, les sanglots arrivaient par saccades et je ne pouvais prononcer un mot. J'entendis mon père me chuchoter dans un coin de la tête : « Pleurnicheuse, tu n'es qu'une pleurnicheuse. » Et j'en étais si fière. J'avais en moi ce don. Cette sensibilité exacerbée. Ce cœur qui parlait haut et fort. Je vivais au cœur de ce mystère, au pays des larmes.

Les mots de Janis résonnèrent en moi.

– Il n'y a rien de plus humain que de pleurer, *love*. Pleurer nous répare et ceux qui ne pleurent pas ne peuvent se réparer. Les larmes guérissent. Elles nettoient le corps et le dénouent de ses tensions. Pleurer pousse le corps à libérer les endorphines de bien-être. C'est une manière de se soulager et d'évacuer les émotions que nous n'arrivons pas à verbaliser.

Alors, je me laissai prendre en otage par le pays des larmes. Ma crise de sanglots continuait, j'en avais besoin et elle me faisait du bien. Je pleurai toutes les larmes de mon corps. Tout ce que j'avais retenu en moi depuis si longtemps. Je pleurai la pleurnicheuse. Je pleurai la folle. Je pleurai l'hypersensible. Je pleurai la dureté de mon père. Je pleurai le manque de mon grand-père. Je pleurai la solitude. Je pleurai le rejet. Je pleurai la dépression. Je pleurai le doute. Je pleurai les flots au goût de sel. Les sanglots de Lily s'échappaient de moi. Des sanglots d'enfant en souffrance, entrecoupés de spasmes qui secouaient les épaules et creusaient un trou dans le ventre. Ma respiration se coupa pendant de longues secondes. J'avalai l'air pour ne pas suffoquer. Je laissai tout sortir, en boule sur le sol, car mon corps ne tenait plus et que cela faisait trop mal. Je pleurai pour me guérir.

Chapitre 74. Destin

Woodstock, État de New York,

samedi 3 octobre 2020

« Surveille tes pensées, car elles deviendront des mots. Surveille tes mots, car ils deviendront des actes. Surveille tes actes, car ils deviendront des habitudes. Surveille tes habitudes, car elles deviendront ton caractère. Surveille ton caractère, il devient ton destin. »

Lao-Tseu

Après la vague des grands pleurs, je pris la décision de me reprendre en main en changeant de destin. J'avais conscience que, pour aller mieux, il était important de changer quelques paramètres. Alors, je pris le taureau par les cornes et me forçai à sortir tous les matins pour faire une balade, respirer l'air de la forêt, caresser les arbres, aller prendre un café au village, parler à des inconnus, me reconnecter au monde… même quand l'envie me manquait, je le fis. Rapidement, tout cela devint une habitude. Cette routine à laquelle je m'étais contrainte me fit peu à peu revenir à la vie.

Je croisai Fleur plusieurs fois et nous discutâmes. Elle était un oiseau rare, un peu farfelue, mais c'était justement ce qui m'attirait chez elle. J'aimais ce côté fantasque, hors norme. De fil en aiguille, le Mud Club était devenu notre spot. Nous y venions tous les matins, aux alentours de dix heures, nous bavardions un peu et chacune repartait de son côté. Et puis, un jour, je lui confiai ma solitude et elle s'engouffra dans la brèche. Elle y vit probablement une invitation à l'amitié, ou bien elle souffrait du même mal et avait été soulagée que je fusse la première à en parler. Elle me proposa alors toutes sortes d'activités, aussi farfelues qu'elle, à la frontière de l'impossible, mais tellement enrichissantes.

Fleur avait cette tolérance, cette ouverture d'esprit que je trouvais si belle. Elle était curieuse, ouverte aux autres, aux croyances de toutes sortes. Elle me confia qu'elle aimait voyager sur des terres inconnues et qu'elle n'avait pas besoin que la pratique en question soit approuvée par la communauté scientifique pour en faire l'expérience par elle-même. Elle avait besoin de la sentir à l'intérieur : que cette petite chose qui parlait en elle résonne d'une façon positive. Je lui confiai que c'était pareil pour moi. Je faisais souvent ce petit check intérieur avec l'intuition, c'était elle qui guidait ma vie.

Certaines activités, comme le yoga, la médiation, le *breathwork* et les *gong baths,* étaient des pratiques que je connaissais bien et qui étaient normalisées dans la plupart des cultures du globe. D'autres l'étaient un peu moins, mais elles semblaient toutes avoir le même point commun : la recherche de l'apaisement, du calme mental, de la paix intérieure et d'un bien-être général, exactement ce dont j'avais besoin pour sortir de la dépression qui avait pris place. Fleur était un cadeau du ciel – merci, Papou.

Un jour, elle me dit d'un ton enjoué :

– Je pars en voyage pendant une semaine, tu viens avec moi ?

– Oui ! répondis-je tout de suite, sans me douter que le voyage n'était pas géographique.

– Très bien, on prend la route lundi.

*

Quand le lundi arriva, j'avais préparé mon sac pour le *road trip*, mais il n'y avait ni voiture ni kilomètres à avaler. À la place, elle me fit grimper sur les hauteurs de l'Overlook Mountain, qui bordait la ville de Woodstock.

– Le voyage durera sept jours, me dit-elle, afin que nous puissions ouvrir un par un nos chakras et chaque jour gravir un peu plus en nous-même.

Je n'avais pas appris la science des chakras. La seule chose que je savais était que, dans la philosophie hindoue, les chakras, ou « roues » en sanskrit, étaient considérés comme nos sept principaux centres énergétiques, nos réservoirs d'énergie, dans lesquels circulait le *prana*, l'énergie vitale ; je me réjouissais d'en apprendre davantage durant ce nouveau voyage.

Le premier jour, après une courte promenade, à l'image des gros chênes qui nous entouraient, nous nous assîmes en lotus, plantant notre périnée dans le sol rouge, pour ancrer le chakra racine. Fleur m'apprit que Muladhara, le chakra de la stabilité, nous reliait à la Terre et nous ancrait dans le présent. Il était le socle qui nous permettait d'avancer en confiance sur notre chemin de vie.

Le deuxième jour, nous prîmes le même chemin que la veille en direction du sommet de l'Overlook et nous arrêtâmes à nouveau en cours d'ascension, à côté d'un petit cours d'eau. Fleur déroula au sol un tapis orangé.

– Pourquoi ici ? lui demandai-je, intriguée.

– Parce que Svadhisthana, le chakra réservoir de vitalité, est associé à la couleur orange et à l'élément Eau, me répondit-elle. Ce lieu nous permettra donc de nous connecter au mieux à l'énergie de l'eau, et ce tapis, à la belle couleur orange.

C'est ainsi que nous nous assîmes à côté de l'eau qui vagabondait entre les rochers et que nous méditâmes et libérâmes la puissance créatrice du chakra sacré, situé au cœur de notre bassin.

Le troisième jour, Fleur arriva à notre point de rencontre entièrement revêtue de jaune.

– J'imagine que le jaune est la couleur du jour ? lui demandai-je, tout sourire.

– Tout à fait ! Manipura, le chakra solaire, est associé à la couleur jaune et à l'élément Feu.

Nous gravîmes l'Overlook Mountain, toujours un peu plus haut. Puis, elle nous fit nous asseoir en lotus et visualiser une boule de feu vibrante, quelques centimètres au-dessus du nombril. Elle m'expliqua que Manipura était le siège de notre feu intérieur et que, lorsque son énergie circulait harmonieusement, il nous permettait de nous sentir fortes, dynamiques et en confiance.

Le quatrième jour, nous nous arrêtâmes dans une prairie d'un vert chatoyant. Nous méditâmes sur ce lit de verdure en nous connectant au chakra du cœur.

– Anahata est le temple sacré de l'amour, il nous permet de donner de l'amour et d'en recevoir, me dit-elle. Ouvrir le chakra du cœur nous invite à nous laisser guider par celui-ci.

Le cinquième jour, nous gravîmes toujours un peu plus haut le chemin de l'Overlook, laissant la lumière bleutée du ciel inonder notre chakra gorge.

– Lorsque Vishuddha s'équilibre, me dit-elle, nous pouvons nous exprimer avec sincérité et authenticité. Il y a une cohérence entre nos pensées, nos paroles et nos actes.

Peut-être était-ce grâce à cette énergie retrouvée que nous rîmes aux éclats sur le chemin de retour.

Le sixième jour, nous nous rendîmes presque jusqu'au sommet de la montagne, comme pour être au plus proche du ciel. Nous levâmes les yeux vers celui-ci pour capturer son indigo et écoutâmes la sagesse du troisième œil.

– Ajna est l'œil de l'intuition, me dit Fleur. Lorsque nous activons son énergie, nous affûtons notre capacité à suivre notre intuition, nous commençons à voir les choses telles qu'elles sont, sans la projection de l'ego, sans les filtres du passé, sans attentes et sans jugement.

Le septième et dernier jour, nous gravîmes enfin le sommet de l'Overlook. Nous accrochâmes notre chakra couronne au-dessus de notre tête par un fil invisible et le reliâmes au ciel. Fleur m'enseigna que Sahasrara était la porte qui nous reliait à la dimension divine de l'univers. Sahasrara unifiait. Il permettait la connexion entre notre moi profond, l'âme, et la dimension plus vaste de l'univers, le grand tout.

C'est ainsi que, enracinée par la terre et reliées au ciel, je compris pourquoi nous étions venues tous les jours. La chambre violette de mon grand-père m'apparut, peut-être parce que le chakra couronne était associé à la couleur violette, ou peut-être parce que j'étais réellement en connexion avec Papou et le divin. En sept jours à peine, mon monde s'était reconstruit.

Pendant tout le mois d'octobre, nous continuâmes nos expériences. Fleur m'initia au *kundalini yoga*.

– Le but de l'éveil de l'énergie *kundalini* est de conduire à la réalisation du Soi par la pratique d'*āsana*, qui sont des postures, de *prānāyāma*, qui sont des techniques de souffle, et la récitation de mantras, me dit-elle. Tu sentiras qu'en s'éveillant, l'énergie *kundalini* monte le long de la colonne vertébrale à la manière d'un serpent, parcourant un à un les sept chakras.

Après quelques jours de pratique, le petit serpent fit son apparition. Une nuit, il se fraya un chemin dans mon ventre, le long de ma colonne vertébrale. Il me réveilla en me provoquant des spasmes intenses et, sans que je comprenne comment, quelque chose à l'intérieur se débloqua.

Mi-octobre, Fleur me fit rencontrer un maître de *reiki*, une technique japonaise de soins énergétiques. Il laissa ses mains vagabonder sur mon corps, sans le toucher, afin de le guérir. Il s'arrêta longtemps au niveau de ma gorge et je me rappelai que Janis avait fait la même chose.

Fin octobre, nous voyageâmes au cœur de l'âme lors de séances hypnotiques organisées dans une grande yourte. Nous nous laissâmes guider dans les vies passées, qui révélèrent nos blessures profondes qui n'avaient pas de raison d'être dans le présent. Ainsi, nous pûmes nous en détacher. Le temps du dedans et le temps du dehors se reconnectaient, mes migraines guérissaient peu à peu. La peine aussi.

Chapitre 75. Le chaman

Un jour de début novembre, Fleur me présenta à son chaman. Cet homme à l'apparence commune avait cependant un petit quelque chose de différent. Quand nous arrivâmes dans le beau sanctuaire où il recevait ses clients, un vaste chalet en bois et en verre entouré de nature, il jouait de la flûte. Cet air tout doux faisait du bien au petit bout d'âme. Le chaman avait des yeux minuscules et rapprochés qui, lorsque l'on plongeait dedans, révélaient mille vies. Ces yeux, je les avais déjà vus. C'étaient les mêmes que ceux de Janis.

Il pratiquait ce qu'il appelait le « chamanisme spirituel », une technique ancienne qui visait à recevoir des messages des esprits, dans le but d'apaiser et de guérir. Je lui posai une flopée de questions. Il avait arrêté de jouer de la flûte mais, pendant notre conversation, le morceau de musique douce continua de siffler dans ma tête. J'avais l'impression de l'entendre dans le vent, dans le creux de mes oreilles. Le chaman commença par me dire que le chamanisme était pratiqué depuis des siècles, sous différentes formes et dans différentes cultures, des peuples de l'Amazonie aux populations sibériennes, en passant par les premières nations d'Amérique du Nord… Et que les Occidentaux se le réappropriaient désormais.

Il ne pratiquait pas le chamanisme tel que la plupart des gens l'imaginaient. Il ne se servait pas de l'*ayahuasca*[7], ou d'autres plantes couramment utilisées pour obtenir des hallucinations, et n'en proposait pas non plus à ses clients. Il me dit : « On n'a pas besoin de cela, avec un peu d'entraînement, on peut recevoir les messages sans faire appel au breuvage hallucinogène. »

Je lui demandai ce qu'était un chaman, et il me répondit qu'il s'agissait d'un guérisseur, un clairvoyant, un être choisi par le monde des esprits pour recevoir les messages et les transmettre. Le mot pouvait se traduire par « celui qui sait », mais il sourit en ajoutant : « Même s'il ne sait pas tout. Il ne sait que ce qu'on veut bien lui communiquer. Il est un connecteur, dont le rôle est de faire passer les messages : messages qui visent à guérir l'âme, rappeler le chemin, faire le bien, apporter de l'amour… Parce que le message est *in fine* toujours le même : l'amour. »

Quand il prononça ces mots, « le message est toujours le même : l'amour », je reçus un petit choc au cœur. Comme une déflagration qui se répartit dans tout mon corps. Elle fit hérisser un par un tous mes poils. La lettre de mon grand-père me revint en mémoire : « L'amour rassemble et relie tout dans ce monde. L'amour guérit. L'amour unit. L'amour est le miracle. »

À cet instant, mon grand-père et Janis étaient à côté de moi, ils me souriaient. Des cris de loup résonnèrent au loin dans les bois. Les hurlements me firent légèrement sursauter, car même si je savais que le loup gris était natif des montagnes Adirondacks environnantes, je savais également qu'il avait été exterminé depuis bien

---

7. Décoction de plantes d'Amazonie qui a la particularité de modifier la perception et le niveau de conscience, de provoquer des hallucinations.

longtemps. Fleur resta immobile, sans réagir aux hurlements des montagnes. Peut-être ne les entendait-elle pas.

Le chaman me prit la main, me sourit en plissant fort ses yeux que l'on ne voyait à présent presque plus et me dit : « Tu les vois, tu les entends, tu les ressens… Tout comme les hurlements des loups exterminés… Parce que, toi aussi, tu es un connecteur, toi aussi, tu as le pouvoir du chaman. »

Chapitre 76. Noah

La petite Sarah venait toujours me rendre visite. Elle me prenait la main, m'emmenait dans la forêt, nous marchions jusqu'au manoir, arrivions devant l'escalier et je me réveillais. J'avais essayé de lui parler, mais elle restait muette. J'avais tenté de rester dans le rêve, d'ouvrir la porte et de m'introduire à l'intérieur du manoir, mais je n'y arrivais pas. Devant cette porte, elle s'en allait avec le rêve et je ne pouvais rien faire pour les retenir.

Je n'avais pas recroisé Noah Maclan et, de toute façon, qu'aurais-je bien pu lui dire ? « Je vois votre fille en rêve… Elle m'entraîne par la main… Mais je ne sais pas quel message elle cherche à communiquer… » J'imaginai la scène et me dis que si je n'avais pas envie de finir au poste ou à l'asile, il valait mieux me taire pour le moment. Avant de lui révéler quoi que ce soit, j'avais besoin de percer le message de la petite Sarah.

L'avant-veille de Thanksgiving, alors que je finissais mes courses dans la supérette bio du village, je vis Noah. Il était là, dans le rayon légumes, il choisissait des grosses carottes des sables et des pommes de terre destinées au four. J'hésitai à l'approcher, peut-être me fallait-il apprendre à le connaître afin de percer le secret, mais comment l'aborder ? J'hésitai un instant en faisant un pas dans sa direction, puis deux, mais je remarquai qu'il avait un air des mauvais jours. Des lignes très prononcées se creusaient sur son front. Je fis trois pas en arrière, passai en caisse et sortis du magasin.

Dixie l'attendait sagement devant les portes, accrochée au spot des chiens abandonnés. Lorsqu'elle me vit, elle remua la queue et s'avança, mais sa laisse la stoppa. Je vins à elle pour répondre à son affection et la caressai généreusement. Elle se mit sur le dos et me montra son ventre pour que je le gratte. Elle était si sociable pour se laisser caresser de la sorte par une étrangère !

Noah passa la porte du magasin à cet instant, alors que j'étais accroupie, grattant le ventre de sa chienne. Il me lança un regard glacial. Faire sa connaissance n'allait pas être chose facile.

– Excusez-moi, je caressais votre chienne, elle est si mignonne. J'espère que ça ne vous dérange pas…

Mais clairement, ça le dérangeait. Il détacha Dixie, qui remuait encore la queue, cala son cabas de toile sous son bras et s'en alla sans même me jeter un regard. Ça faisait deux fois que je le croisais et, les deux fois, il avait eu ce comportement que je trouvais si rustre. J'étais mortifiée par mon invisibilité, à moitié honteuse d'avoir osé caresser son chien sans sa permission, à moitié en colère de sa condescendance.

Je replaçai mes deux sacs remplis de courses sur mes épaules et repris mon chemin, chargée comme un baudet. Je repensai à la remarque de Fleur : « Il n'est pas très sympa dans la vraie vie, hein ? » Non, il n'était vraiment pas très sympa, c'était le moins que l'on puisse dire. Par curiosité, j'avais regardé un de ses films, le plus connu, *Une star*, dans lequel il jouait le rôle d'un artiste au grand cœur un peu paumé. C'était une jolie comédie romantique. Effectivement, à l'écran, il était sympathique, attachant et n'avait rien de l'être de la vraie vie. On ne pouvait pas lui nier son talent d'acteur.

Je le suivais de quelques pas. Nous allions de toute évidence dans la même direction, vers la sortie du village. Je venais souvent faire mes courses à pied, ça me permettait de faire une marche. Je n'en avais que pour une demi-heure aller et retour. Après la sortie du village, j'empruntais un sentier de terre qui partait dans la forêt, puis un autre rempli de chrysanthèmes sauvages de toutes les couleurs, qui menait à l'arrière de la propriété de Katie Brown. Noah prit ce chemin, se retournant de temps à autre et, lorsque je sortis mon téléphone, je le vis se retourner plusieurs fois d'affilée, ce qui me fit moi-même m'arrêter et me retourner pour voir s'il n'y avait pas quelqu'un ou quelque chose qui nous poursuivait tous les deux. Il n'y avait rien.

Nous étions à présent sur le petit sentier de terre. J'avais pris mon portable à la main et lancé une musique qui me faisait marcher à grandes enjambées. Je profitais de ma route, changeant la musique au gré de mes envies, quand tout à coup, il arrêta sa marche, fit demi-tour et me hurla dessus. Je ne compris pas ce qu'il me dit, la musique m'encombrant les oreilles, mais je perçus des hurlements qui m'étaient sans aucun doute destinés. Ses yeux énormes, remplis de rage, ne lâchaient pas les miens et son visage était rouge de colère. Je n'eus même pas le temps de réagir, de stopper la musique, qu'il était devant moi et qu'il frappa mon téléphone d'un geste brutal. Le téléphone tomba à terre, arrachant de mes oreilles les écouteurs qui me protégeaient de ses insultes.

– Espèce de sale garce, ça t'amuse de me filmer ? Hein, t'as rien d'autre à foutre que de me suivre ?

J'avais les yeux de Neige la chouette, écarquillés d'étonnement. J'étais sans voix. Il continua à cracher des insultes pleines de dégoût, mais aucun mot ne sortit de ma bouche, pas de réponse, pas de défense. Ma gorge était nouée et mon corps se mit à trembloter en réponse à la violence dirigée sur moi sans raison. Je m'étais fait agresser un jour, dans les rues de New York. Il ne s'était rien passé de très grave, la voleuse avait pris mon sac et m'avait poussée violemment à terre pour que je ne puisse pas la suivre, mais le choc avait laissé des traces. Une énorme tristesse s'empara de moi et je ne pus contenir de grosses larmes d'enfant et des sanglots.

J'essayai tant bien que mal d'aligner quelques mots :

– Mais… mais je ne vous ai rien fait… Je ne comprends pas…, lui dis-je malgré mes pleurs qui saccadaient mes mots.

Dixie poussa de petits gémissements, comme par solidarité avec les miens. Il regarda Dixie, le téléphone par terre que je n'avais toujours pas ramassé et posa à nouveau les yeux sur mon visage, envahi par la peine. Je vis qu'il prenait conscience à ce moment-là de mon inoffensivité.

– Euh, je, je suis désolé, me dit-il. Je suis vraiment désolé.

Il s'abaissa pour ramasser le téléphone et me le tendit. L'écran, qui affichait à présent la chanson « Le Temps de l'Amour » de Françoise Hardy, était fendu en deux. Il marmonna quelques explications.

– Je croyais que vous étiez en train de me filmer. Ça m'arrive souvent, vous savez.

Je me demandai à quoi il faisait référence, au fait de se faire filmer, ou à sa violente saute d'humeur. Il passa sa main sur sa barbe et la laissa un instant devant sa bouche, mais même avec ce regain de douceur, mes grosses larmes ne s'arrêtaient pas. On aurait dit une enfant. Oui, je ressemblais à une enfant, la morve au nez. Lily s'était emparée de moi.

– Venez, on va s'asseoir un instant, me dit-il tout en se dirigeant vers le banc qui se trouvait à quelques pas de là.

Je levai les yeux sur lui, il y avait beaucoup de tristesse dans son regard. Ses traits s'étaient accentués, on aurait dit un vieux bull-dog anglais, et malgré la violence que je venais de recevoir de sa bouche, je vis quelque chose de doux dans la profondeur de ses yeux.

– Je vais remplacer votre téléphone, vraiment, je suis confus, pardon.

Je m'assis. Dixie se posta à nos pieds et posa sa tête sur ma cuisse. Il la regarda faire avec étonnement.

– C'est très curieux, car elle n'est vraiment pas familière habituellement. Vous devez avoir un truc avec les chiens.

Je reprenais peu à peu mon calme et commençai à me sentir bête d'avoir laissé couler ces grosses larmes.

– Je n'ai même pas de mouchoir à vous offrir, me dit-il.

Mon nez coulait et je n'avais pas d'autre choix que d'arracher quelques feuilles d'un des rouleaux de papier toilette que je venais d'acheter à la supérette. Glamour… Il me sourit et je vis un petit air presque moqueur apparaître sur ses lèvres. Mes joues devinrent brûlantes. Je n'avais qu'une hâte, m'enfuir de là, seulement, mes jambes n'avaient pas encore reçu le message.

Pour laisser passer le malaise, il continua à me faire la conversation.

– Vous habitez dans le coin ?

Je pouvais à présent aligner deux mots, mais pas beaucoup plus.

– Euh, oui. Je vis au bout de ce sentier, lui répondis-je en pointant le regard vers le chemin aux chrysanthèmes.

– Ah, dans la petite maison à la porte verte ?

– Oui, j'ai emménagé il y a quelques semaines, en septembre.

– C'est juste à côté de chez moi. Nous sommes voisins !

Je répondis par un léger sourire, au vu de ses sautes d'humeurs, je ne savais pas si c'était une bonne chose.

– Vous vous plaisez, ici ?

– Oui. Oui, c'est très calme. Beaucoup plus calme que New York. C'est ce dont j'avais besoin.

– Vous n'êtes pas américaine, n'est-ce pas ?

Mon accent avait tendance à s'accentuer fortement en situation de stress et je me rendis bien compte que j'étais en train de baragouiner dans un franglais déconcertant.

– Non, je suis française, mais je vis aux *States* depuis plus de cinq ans.

– Ah, vraiment !

Et il se mit à me parler dans un excellent français :

– J'adore la France, surtout le Sud, Avignon, Aix-en-Provence, Marseille…

Je fus surpris de sa remarque. Marseille était aussi la ville que je préférais en France, multiculturelle, artistique. Elle avait cette beauté naturelle, que je trouvais authentique. C'était une ville que l'on adorait ou que l'on détestait, il n'y avait pas d'entre-deux, un peu comme New York. Mais j'étais étonnée de sa réponse, car généralement, pour un Américain, la France se résumait à Paris.

– Vous êtes parisienne ?

– Pas vraiment, j'ai vécu à Paris pendant plusieurs années avant New York… Mais je suis née dans les Hauts-de-France, à Wissant, un petit village qui fait face à la côte anglaise.

Je vis également la surprise dans son regard. Il devait se demander ce que je faisais là, à Woodstock, perdue au milieu de la forêt.

Je lui demandai où il avait appris à parler si bien français. Il me confia qu'il avait vécu quelques mois, à l'âge de quinze ans, en Suisse, à Lausanne, et qu'il avait appris la langue là-bas. J'avais moi-même été trois ans en pensionnat en Suisse, juste à côté de Lausanne, à Montreux, et j'étais étonnée de nous découvrir ces points communs. Je ne m'y attendais pas. Nous continuâmes notre discussion pendant un moment. Le malheureux épisode était bien loin de nous, à présent. Puis il se leva et me dit qu'il devait rentrer.

Nous fîmes quelques pas ensemble, puis je bifurquai dans le petit sentier aux chrysanthèmes sauvages qui me ramenait chez moi. Je le saluai en partant de mon côté et, avant de me perdre de vue, il me lança :

– Mais au fait, tu ne m'as même pas dit comment tu t'appelais !

Je répondis en parlant haut pour qu'il entende, et en ponctuant ma phrase d'un signe de main :

– Éloïse, je m'appelle Éloïse.

– Moi, c'est Noah.

Chapitre 77. Cycle créatif

En me couchant ce soir-là, je repensai à Noah. Comment avait-il pu s'imaginer que j'étais en train de le filmer ? Et cette rage qui était sortie de lui, tant de haine, tant de violence… Si forte qu'elle m'avait paralysée, mais il y avait aussi quelque chose de doux en lui, qui apparaissait par petites lueurs dans son regard bleu triste. Maintenant que j'avais fait la connaissance de Noah, je me demandais si Sarah allait me révéler son secret et je me laissai peu à peu emporter par les songes, attendant paisiblement que la petite fille me prenne la main.

Le lendemain matin, je découvris en me réveillant qu'une araignée avait élu domicile dans ma chambre et je repensai à Nokomis, la vieille femme de l'histoire racontée par Janis, amie des araignées, qui n'avait pas voulu que son petit-fils en tue une. J'étais comme elle et comme ma mère, je partageais mon habitation. Mon amie avait tissé sa toile dans un coin du plafond de la chambre et je me dis qu'elle me servirait d'attrape-mauvais-rêves. J'avais beaucoup d'images en tête, mais Sarah n'était pas venue me voir. Je saisis le petit carnet dans lequel je notais mes rêves à chaque réveil, mais la sonnette de la porte me coupa dans mon élan. Je me demandai qui ça pouvait être, car Fleur était partie pour quelques jours en Floride afin de fêter Thanksgiving. Il était déjà dix heures, j'étais encore au lit et en pyjama, alors, un peu honteuse, j'hésitai à aller ouvrir. La sonnette retentit à nouveau et me fit me lever. Il n'y avait pas d'œil-de-bœuf sur la porte d'entrée, je ne pouvais pas savoir qui se trouvait derrière.

– Bonjour, Éloïse, je voulais juste t'apporter un nouveau téléphone…

Noah me tendit une boîte enrobée d'un papier.

– C'est un iPhone, le même que le tien et, euh, je voulais te dire encore pardon pour hier.

Il était accompagné de Dixie, qui me reniflait la main. La veille, il m'avait vue en larmes ; cette fois, il avait droit au spectacle du réveil, les yeux mi-clos après un sommeil qui avait duré trop longtemps, les marques d'oreiller sur le visage, les cheveux ébouriffés et le pyjama en flanelle…

– Euh, merci. Il ne fallait pas.

– Ben si, en fait, il le fallait, me dit-il en souriant.

Il avait le même petit air moqueur que la veille et j'eus à nouveau très chaud aux joues.

– Voilà, je voulais juste te rapporter ça. Je ne te dérange pas plus…

Il me tourna le dos et fit quelques pas avec Dixie. J'allais refermer la porte, mais quelque chose me poussa à l'inviter.

– J'allais me faire un café… Tu en veux un ?

*

On alla s'asseoir sur la terrasse enrobée du soleil matinal et d'une bonne odeur de lavande. Il ne faisait pas trop froid et on pouvait encore profiter de l'extérieur. C'était une de ces belles journées d'automne à la lumière rouge. Le rouge des arbres, le rouge des feuilles au sol et le ciel qui reflétait lui-même cette couleur pourpre. Je m'enveloppai dans un gros châle pour ne pas avoir froid et lui tendis une tasse de café bien chaud. Dixie était partie explorer les environs, jouant avec les feuilles mortes, ramassant des petits bouts de bois, mais elle restait toujours à portée de vue.

Ma gêne était partie et je percevais à présent son intériorité. Je vis des petites fêlures dans ses yeux, comme un vase de porcelaine qui serait tombé à terre et que l'on aurait tant bien que mal essayé de recoller. Je ressentis une profonde solitude et beaucoup de vide en lui. Un trou béant, qu'il essayait de cacher. Je supposai qu'il s'agissait du vide de la petite Sarah. J'avais essayé de chercher quelques informations sur sa mort, car je ne pouvais pas croire qu'elle m'était apparue par hasard. Je me disais qu'il y avait peut-être quelque chose à découvrir, mais il n'y avait que très peu d'articles sur l'accident de voiture, absolument rien de récent sur Noah et sur le fait qu'il vivait aujourd'hui à Woodstock.

Il me demanda ce que je faisais dans la vie. Je lui dis que j'écrivais, même si en ce moment l'écriture arrachait le papier. Il se mit à rire à ma remarque et me parla du cycle créatif :

– Ça ne sert à rien de vouloir contrôler le cycle créatif. Il y a des moments pour tout : des moments pour écrire, des moments pour laisser le stylo de côté, des moments pour rire, des moments pour pleurer… La création est un cycle en vie… Elle a un printemps, un été, un automne et un hiver, tu ne penses pas ? Peut-être que tu es juste en hiver.

– Oui, certainement, je suis en hiver… un hiver qui me paraît terriblement long, lui dis-je.

Je ponctuai ma phrase d'un soupir et d'un gigantesque sourire. Lui parler était facile et, à présent, je me sentais bien avec lui. Je recroquevillai mes jambes et me positionnai en boule sur la chaise Adirondack.

– La société nous demande souvent, pour survivre, d'agir en machines à produire, reprit-il. Il fut un temps où j'agissais ainsi moi-même. C'est pour ça qu'on m'a vu jouer dans tout et n'importe quoi. Et je crois que c'est la même chose pour tout : la même chose pour l'écrivain, la même chose pour le photographe, le peintre, le médecin, l'avocat et même le géant de Wall Street… L'humain n'est pas une machine et agir ainsi ne donne jamais rien de bon, crois-moi. Il est important de profiter de son hiver.

Neige nous observait du haut de son arbre. J'étais contemplative et je laissai le silence s'installer. Un silence qui ne m'était aucunement inconfortable. Le ciel se remplit brusquement de nuages et, comme le soleil ne réchauffait plus notre peau, il commença à faire frisquet. Il saisit les tasses posées sur la table basse et, tout en se levant, me dit d'un air solennel : « Je vais rentrer. » Il déposa les tasses dans l'évier et me remercia pour le café. J'observai ses gestes. Il y avait chez lui beaucoup de conflits intérieurs. Ses yeux étaient remplis de douceur et de bonté, mais par moments, dans le silence, on pouvait y voir apparaître un voile et quelque chose de très sombre.

Je fermai la porte derrière lui avec un fond d'envie de le retenir, mais je ne le fis pas. J'ouvris la boîte qui contenait le téléphone et découvris un Post-it collé à l'écran. Il avait laissé son numéro. Je le déposai sur un coin du bureau en le collant au bois. La journée se déroula ensuite comme d'habitude, à la différence que, toutes les cinq minutes, je ne pouvais m'empêcher de poser les yeux sur le Post-it. Quand vint le soir, je me laissai aller à mon envie de lui écrire. Juste un petit mot de remerciement, mais surtout, pour qu'il ait aussi mon numéro. Je lui écrivis un simple « Merci pour le téléphone. C'était sympa de papoter ce matin. Éloïse. » Il me répondit quelques secondes plus tard : « Oui, c'était sympa. » Puis un autre message arriva : « J'ai beaucoup aimé le pyjama à carreaux. » La chaleur refit son apparition sur mes joues.

Cette nuit-là, nous échangeâmes par messages, comme des adolescents, avec de petites insinuations par-ci par-là, mais toujours beaucoup d'innocence. Il avait entre nous une étrange fluidité. La veille, il était un inconnu qui me crachait sa haine au visage, mais en appréhendant sa douceur, j'avais l'impression de le connaître depuis des lustres, sans vraiment savoir qui il était. De fil en aiguille, tard dans la nuit, nous décidâmes de passer Thanksgiving, le lendemain, ensemble.

Chapitre 78. Thanksgiving sans cadavres

Au réveil, je me mordis un peu les lèvres face à tous ces échanges qui me rendaient presque mal à l'aise. Certes, il avait un côté charmant, mais je ne devais quand même pas oublier nos premières rencontres, lors desquelles il s'était montré indifférent, rustre et agressif.

Nous avions convenu qu'il viendrait à la maison et qu'il cuisinerait un repas de Thanksgiving aussi traditionnel que possible, mais sans dinde, ce qui me convenait bien puisque je ne mangeais plus la mort. Le rejet des cadavres, je l'avais eu dès l'enfance, mais ce n'était qu'adulte que j'avais mis complètement fin à cette folie. Ce n'était pas vraiment par goût, car j'aimais le goût de la dinde, du saucisson, des rillettes d'oie ou d'une bonne entrecôte cuite aux braises. J'avais été élevée dans une famille de tradition française, où l'on mangeait des animaux, le goût de la chair faisait donc partie de la norme pour mon palais. Il m'arrivait même de penser que, si ma société m'avait habituée à consommer de la chair humaine, comme c'était la norme dans certaines tribus où manger le cœur d'un ennemi valeureux permettait d'acquérir son courage, j'aurais trouvé cette chair appétissante. Tout aussi appétissante que celle du bœuf ou de la dinde.

Mais un beau jour, la norme de la nourriture animale m'avait semblé écœurante. Manger du cadavre me dégoûtait et il m'avait semblé qu'il était possible de me nourrir autrement, sans être ce vampire franchouillard avide de chair et de sang. Tout comme moi, Noah n'était pas cannibale. Cela m'avait rassurée, je m'étais dit qu'il ne pouvait finalement pas être si sauvage.

*

Noah arriva sur les coups de quatorze heures, un énorme panier d'osier à la main. Il m'avait dit qu'il aimait cuisiner, alors je le laissai bien volontiers aux fourneaux. Tout en préparant le repas, il déboucha une bouteille de romanée-conti de 1999, un merveilleux pinot noir à la robe de rubis vive et brillante. Je fus surprise de ce choix qui marquait son élégance. Nous trinquâmes à chaque nouveau verre, que je cessai vite de compter.

Après cette première bouteille, il y en eut une deuxième. Il prépara une multitude de petites choses : un risotto à la citrouille façon Cendrillon, une envolée de champignons des bois, une salade d'épinards, un pain de maïs, une tarte aux noix de pécan… Il avait donné à ses plats des noms grandiloquents qui les rendaient encore meilleurs et me fit beaucoup rire. Nous parlâmes de tout et de rien, de choses qui comptaient et de choses qui ne comptaient pas et, à la nuit tombée, après le sublime repas et un nombre considérable de verres, nous mîmes de la musique, chantâmes et dansâmes à en perdre haleine. Comme à Woodstock, les bras en l'air, le corps mouvant, envoûtés par la musique, laissant les notes nous habiter. Il y avait une histoire d'amour entre le corps et le son. La musique guérissait, la musique libérait. Nous la laissâmes nous emporter loin des inquiétudes. Tout était joyeux. Nous étions probablement ridicules, mais nous nous en moquions.

Nous en étions là, deux grands ados, un peu paumés, qui avaient appuyé sur pause et n'avaient pas vieilli en même temps que le reste du monde. Un pied dans le réel, un pied dans l'irréel, enivrés par le vin et la musique. Libres de tout. Nous savions très bien où ce moment allait nous mener.

Ce fut lui qui fit le premier pas de danse, sur un air du Club des 27. Kurt chantait *And I Love Her* et Noah s'avança vers moi. Il me saisit fermement par la taille. Il me regarda droit dans les yeux et approcha sa bouche de la mienne, mais il ne m'embrassa pas. Je sentis son souffle court. Il fit basculer ma tête en arrière et caressa mon cou de sa main. Puis il y fit glisser ses lèvres. Sa barbe mal rasée m'effleura la peau. Il remonta le long de mon cou en me mordillant, sortit sa langue et me lécha la bouche. Il voulut m'embrasser, mais je ne le laissai pas faire. J'eus un petit mouvement de recul, passai mon pouce sur ses lèvres et pris le temps de respirer son souffle, sur mon tempo à moi, avant de goûter sa bouche, puis sa langue.

Chapitre 79. Comme tous les lendemains…

Le réveil fut difficile. Un mal de tête m'envahissait le crâne et m'empêchait de réfléchir. J'avais soif, très soif. Noah était à côté de moi, endormi. Il devait être tôt, car le soleil ne s'était pas encore tout à fait levé, mais on pouvait déjà voir quelques rayons lumineux se frayer un chemin dans la nuit.

Nous avions vécu une de ces nuits magiques dont on se souvenait toute une vie. Je n'avais pas rêvé, cette nuit-là, les rêves avaient pénétré ma réalité. Je ne pouvais pas nier la connexion qu'il y avait entre nous, ce quelque chose d'illogique qui nous avait menés jusqu'ici en quelques jours à peine. Mais je ressentais aussi une sorte de crainte et de méfiance.

Nous avions parlé de tellement de choses que j'avais l'impression de le connaître depuis une éternité. Le personnage de l'irréel, l'image à l'écran, restait un inconnu et l'homme nu qui se trouvait à côté de moi, Noah, était juste cet homme qui respirait profondément, la joue collée à l'oreiller. Je remarquai que, même dans son sommeil, les lignes de l'inquiétude se voyaient sur son front, comme gravées dans un marbre immuable. On avait parlé de tout, sauf de Sarah. Je ne savais pas encore quoi lui dire à ce sujet, alors je n'avais posé aucune question sur sa vie personnelle.

Je me levai pour me servir un grand verre d'eau. Lorsque je revins, il était éveillé. Il me prit le verre d'eau des mains et en but la moitié avant de me le rendre. Lorsque j'eus avalé la dernière gorgée, il m'embrassa à pleine bouche et me fit tomber à la renverse.

Nous passâmes une partie de la matinée dans les bras l'un de l'autre. Lorsqu'il remarqua l'araignée dans un coin du plafond, il me demanda si je connaissais la légende de l'attrape-rêves. Je repensai à Janis et un sourire nostalgique prit place sur mes lèvres.

– Oui.

– Et tu y crois ? m'a-t-il demandé.

– Non… pas littéralement, mais la vie est précieuse et je crois en l'âme de tout être vivant, des humains, des animaux, des végétaux…

– Moi aussi, répondit-il en me souriant.

Cette complicité familière me sortit de notre cocon magique et me ramena à la réalité, sous la forme d'une simple question que je ne pus m'empêcher de lui poser :

– Pourquoi n'as-tu pas passé Thanksgiving en famille ?

Et là, son sourire se figea, je vis son regard changer en un dixième de seconde. Il plissa le front, les lignes de l'inquiétude s'accentuèrent et il me répondit sur un ton glacial, en posant les mots dans le silence de la pièce :

– Je n'ai pas de famille.

Puis il se leva, enfila son jean, son tee-shirt et son blazer, passa la porte et s'en alla.

*

Je n'eus pas de ses nouvelles pendant plusieurs jours et, comme mon ego cherchait à me protéger, j'étais incapable de lui en donner moi-même. Et puis, je me disais que j'avais fini de jouer à ces jeux-là… Ces jeux qui n'avaient aucun sens. Les « je t'aime, moi non plus », ce n'était plus pour moi. Alors, s'il ne voulait rien partager avec moi, il valait mieux que nous en restions là.

Chapitre 80. Amitié

Au retour de Fleur, je lui racontai toute l'histoire. Elle en resta bouche bée. Elle se dit « surprise, mais pas si surprise que ça », et même si je ne compris pas bien le sens de ses paroles, je la laissai me convaincre, sans grande conviction, qu'il valait mieux ne pas le rappeler pour le moment. Je lui parlai aussi de Sarah et des rêves dans lesquels elle m'avait emmenée. Elle m'écouta attentivement, mais ne dit rien, ce qui ne lui ressemblait pas.

Deux semaines après Thanksgiving, je reçus un appel. Je laissai sonner le téléphone, attendis quelques minutes, puis écoutai le message vocal :

« Hello, Éloïse, c'est Noah. Désolé de ne pas t'avoir appelée plus tôt. Tu dois te dire que je suis un gros con… et tu as raison. La vérité, c'est que je ne suis pas fréquentable en ce moment. Je ne sais plus faire avec l'amour, alors il vaut mieux qu'on en reste là. Mais j'ai adoré le temps qu'on a passé ensemble et j'aime beaucoup ta compagnie, alors si tu veux bien, j'aimerais que l'on soit un peu plus que des voisins qui se disent à peine bonjour, j'aimerais que l'on essaie d'être amis. Je te laisse me rappeler si ça te tente et je comprendrais si tu ne me rappelles pas. À bientôt, j'espère. Je t'embrasse. »

Je laissai passer quelques jours, parce que je ne savais pas quoi lui dire. Je ne savais pas si je voulais m'essayer à cette amitié. Puis, une nuit, la petite Sarah revint et, cette fois, elle parla. « Vas-y. »

Rien d'autre, seulement : « Vas-y. » Elle m'avait emmenée, comme à son habitude, devant la porte du manoir, et prononça ces mots, qui résonnèrent dans ma tête au réveil. À la première heure, j'appelai Noah. Il décrocha avec un sourire chaleureux dans la voix.

– Viens prendre un café à la maison, me dit-il. On se mettra devant la cheminée, je viens d'allumer un feu.

Le « vas-y » de la petite Sarah résonna en écho.

– O.K., répondis-je seulement.

C'était une journée de ciel blanc. Avec l'arrivée de Noël, la neige commençait à tomber, mais ne tenait pas encore à terre. Neige était à son habitude postée sur le gros chêne crochu, qui avait perdu toutes ses feuilles.

– Quand tu sors de chez toi, va jusqu'au croisement du sentier de terre et prends à droite. Il y aura un gros portail après cinq minutes de marche, sonne à l'intercom et je t'ouvrirai. Tu verras, c'est tout proche, tu n'en as pas pour plus de dix minutes à pied.

– O.K.

Après avoir raccroché, je chaussai mes bottes de neige, j'attrapai un gros châle en laine pour me couvrir et je marchai jusqu'au gigantesque portail de sa propriété. Je sonnai, une caméra se dirigea sur moi, un bip retentit et le portail s'ouvrit. J'empruntai un joli chemin de graviers blancs qui menait probablement à sa maison. Il était bordé de gros arbres centenaires, on aurait dit des cerisiers. Après avoir marché trois ou quatre minutes, je vis se dessiner une grande bâtisse entre les arbres, puis, au tournant d'un virage, je la vis s'ériger devant moi. C'était un manoir en pierre avec des fenêtres à petits carreaux et du lierre grimpant sur la façade, exactement le même manoir que dans mon rêve. Un imposant escalier menait à une haute porte blanche. Sur le pas de la porte,

Dixie était couchée tel un sphinx et Noah, qui se tenait à côté d'elle, me souriait.

– Bienvenue, Lily !

Lily… comme mon grand-père, il m'avait appelée Lily.

Chapitre 81. L'évidence

Je pris place au coin de la grande cheminée ouverte et laissai la bonne odeur du feu m'envahir les narines. Sur le bel encadrement de marbre de la cheminée étaient disposées de vieilles photos en noir et blanc et la statue en bronze d'un cheval cabré. Sur l'une des photos jaunies par le temps, il y avait un homme en uniforme et une très belle femme portant une robe de soirée voluptueuse. La pièce était très vaste, mais elle était chaude et douillette. Au centre, il y avait deux canapés Chesterfield en cuir brun, un amas de petits fauteuils et trois tables basses qui ressemblaient à des troncs de bois, sur lesquelles étaient posés des plateaux en verre. Au sol, un gigantesque tapis délimitait le salon. Il me faisait penser au vieux tapis persan du petit salon bibliothèque de chez mes grands-parents, en beaucoup plus grand. Je m'installai face à la cheminée, sur un fauteuil grassouillet en velours bordeaux. Noah me tendit une grande tasse remplie d'une infusion aux notes de vanille et de cannelle et prit place sur un fauteuil jumeau.

Nous ne revînmes pas sur l'épisode de la nuit de Thanksgiving. À la place, nous nous confiâmes l'un à l'autre comme des amis. Il me parla de sa vie d'artiste, de son enfance pleine de voyages, de son père militaire et de sa mère qui lui avait fait vivre son propre rêve d'artiste, de l'incendie de leur maison dans lequel ses deux parents trouvèrent la mort alors qu'il n'avait que dix-sept ans et du vide que cela avait provoqué, de ses nombreuses relations d'un soir ou deux, de la mère de Sarah, une actrice qui se nommait Nina Petrov – un nom qui ne me parlait pas même s'il aurait probablement dû me dire quelque chose –, avec qui il avait passé quelques mois d'idylle. Puis il me parla de Sarah, de l'accident et du trou béant qui ne se remplissait plus. C'était là qu'il avait tout arrêté et qu'il s'était réfugié dans cette maison de campagne, dans laquelle il avait l'habitude d'emmener sa fille pour le week-end. Il n'allait plus dans son appartement new-yorkais, chargé de trop de souvenirs, de tourmente, de bruit, de gens qui voulaient savoir ce qu'il devenait et « lui expliquer la vie », trop de tout.

Je lui racontai mon histoire, mon enfance dans un petit village des Hauts-de-France, la mention « née de père inconnu » avec laquelle j'avais grandi jusqu'à l'âge de sept ans, ma relation privilégiée avec mon grand-père, que je considérais à bien des égards comme mon père, puis avec mon père, le metteur en scène. Je ne racontai pas ma vie au château des Crobois, elle n'avait laissé que des bleus à l'intérieur. Je parlai du pensionnat suisse qui m'avait éloignée de toutes les mauvaises choses, de mes années parisiennes puis new-yorkaises. Je lui parlai de l'amour, de mes nombreuses relations sans pouvoir jamais me défaire de ma liberté, de M. qui vivait encore probablement un peu en moi. Je lui parlai de mes intuitions, de la mort de mon grand-père, de mon accident de voiture, du voyage dans les rêves à la frontière de l'impossible, de Janis, de mon changement de vie de l'entreprise à l'écriture, de l'évidence des mots, mais aussi de ma déception envers les ventes du livre, qui n'étaient pas à la hauteur de mes attentes.

Il sembla fasciné par le récit de mon voyage et me posa de nombreuses questions à ce sujet. Beaucoup d'entre elles restèrent sans réponses car, moi-même, je n'en avais pas élucidé les mystères. Lorsqu'il me demanda pour quelles raisons j'avais souhaité changer de vie, je ne pus que lui répondre qu'il n'y avait pas vraiment d'explication logique :

– Je ne sais pas. Je crois que j'ai toujours su que je n'allais pas rester dans la norme… Ce n'était vraiment pas pour moi, mais pour une certaine raison, j'avais besoin d'en faire l'expérience. C'est un peu comme des chaussures à la mode, qui te semblent belles, mais qui sont très inconfortables. Comme tout le monde les porte, tu souffres en silence dans ton inconfort, tu recroquevilles tes doigts de pieds et, au bout de quelques pas, tu te rends compte que c'est usant et que ça ne pourra pas fonctionner sur le long terme.

– Tu en as eu marre de recroqueviller tes doigts de pieds ? me dit-il avec des yeux rieurs.

– Oui, c'est un peu ça : ce sentiment d'avoir dû me recroqueviller. Au bout d'un moment, ce n'était juste plus possible. J'avais besoin de me défaire de ces vieilles chaussures et de courir libre, pieds nus.

Il me regardait d'un air étrange, comme si j'étais une extraterrestre, mais il avait aussi un grand sourire, alors je me dis que ma métaphore, si naïve soit-elle, l'avait au moins attendri.

– Et pourquoi l'écriture ?

– Parce que je n'ai rien de mieux à faire, tout le reste me semble sans importance, lui dis-je. Quand j'écris, c'est le seul moment où je me sens vraiment libre. Plus rien n'a de contrôle sur moi, même pas le temps.

Je fis une petite pause, pris une grosse gorgée de l'infusion presque froide et, en repensant aux mots de Janis, « il suffit juste de faire ce que l'on aime, *love* », je repris :

– Et puis, après, ce n'est qu'une question de suivre la jolie joie et d'aimer ce que l'on fait. J'aime vivre dans mes histoires. Je le fais depuis toute petite. La différence, c'est qu'avant elles n'existaient que dans ma tête. Je crois aussi que c'est une façon pour moi de vivre plusieurs vies, ou de vivre la même vie plusieurs fois en changeant quelques paramètres. En cela, c'est un peu comme le métier d'acteur, tu ne penses pas ?

Je terminai ma phrase par un large sourire auquel il répondit en acquiesçant. Il se leva et remit des bûches dans la cheminée. Le crépitement du bois résonnait dans la large pièce où nous nous faisions ces confidences.

– Est-ce que tu as écrit l'histoire du voyage ? me demanda-t-il.

– Non, je ne sais pas comment la raconter. Le truc qui me bloque sur le voyage, c'est que c'est une histoire vraie. Elle est farfelue, illogique et elle ne fait pas sens… Comment expliquer un voyage spirituel qui s'est déroulé dans un sommeil comateux qui n'a peut-être duré que quelques secondes ? Comment expliquer Janis, à qui je parle encore aujourd'hui et que je considère comme un guide, que je n'ai pourtant jamais rencontrée dans cette vie ? J'ai essayé de raconter tout cela dans mon premier livre, mais je n'ai pas su l'expliquer par le raisonnable. Alors j'ai écrit à la place ce que je pensais devoir écrire, qui ferait du sens pour les lecteurs et il est vrai que l'histoire du voyage s'est perdue en route.

Il plissa des yeux, comme pour montrer son incompréhension.

– Tu penses que pour écrire, tout doit être logique et raisonnable ? Tu peux juste raconter ton histoire comme tu l'as vécue, avec des mots simples, des émotions vraies et elle fera du sens.

Je hochai la tête en signe d'acquiescement, mais restai silencieuse.

– Qu'est-ce que tu écris, en ce moment ? reprit-il.

– Pas grand-chose de bien, je te l'ai dit, je me sens en hiver.

Machinalement, je laissai échapper un long soupir.

– Alors, quand le printemps reviendra, écris le voyage tel qu'il fut… tu n'as rien à perdre.

L'évidence vient toujours plus facilement des autres, comme si nous avions le nez trop écrasé sur l'image pour voir notre vie d'une façon simple et dans son ensemble.

– Il y a quelques mois, lorsque j'étais à Paris, j'ai retrouvé dans une librairie le *Livre des rêves* qui m'avait accompagnée durant le voyage et la première chose à laquelle j'ai pensé, quand j'ai vu qu'il était vierge, c'était de réécrire ces textes qui étaient apparus comme par magie. Je ne me souviens pas de tout mot pour mot, mais je pense que je pourrais réécrire leurs sens.

Il me coupa brusquement :

– Mais oui, c'est ce que je te dis, pour moi, c'est évident ! Ce que tu dois raconter, c'est cette histoire. Toutes ces expériences, les intuitions, les rêves, les visions, le voyage aux portes de la mort. Arrête de vouloir lui trouver une explication logique. L'écriture, ce n'est pas ça, et je sais que tu le sais, mais pour une quelconque raison, tu as peur du jugement.

Il se leva et me resservit de la tisane bien chaude, comme pour adoucir ses propos. Par les fenêtres à petits carreaux, on pouvait voir la neige tomber en gros flocons. Je ne disais rien, car je voyais qu'il n'avait pas fini sa tirade.

– Parce que ce qui te bloque réellement, c'est la peur. Tu as peur du jugement des autres sur ton histoire personnelle, qui en plus ne trouve pas sa racine dans l'explicable… Ce qui, entre nous, ne veut pas dire qu'elle n'a pas de sens !

Ses explications étaient somme toute logiques, j'en avais bien conscience et je le laissai continuer en restant silencieuse.

– Mais tu t'en fous de ce que les gens pensent, non ?

C'était bien ça le problème, comment se foutre de ce que les autres pensaient ? Comment se détacher complètement de ce jugement qui nous affectait au quotidien et dictait notre réussite ? Il reprit :

– Tu n'écris pas pour plaire à tout le monde et tu ne plairas pas à tout le monde. Un artiste ne joue pas dans la norme. Un artiste ne fait pas ce que l'on attend de lui. Un artiste crée et la création est belle lorsqu'elle est libre, sans contraintes, sans peur du jugement, sans penser à qui va l'aimer ou non… Si tu restes bloquée à essayer de plaire, à faire ce que tu penses que l'on attend de toi, alors tu aurais dû rester dans ta vie d'avant, car tu ne feras jamais rien de bon dans l'écriture.

Le silence qui suivit pesait lourdement sur la pièce. Je vis dans ses yeux qu'il se parlait aussi un peu à lui-même. Il avait dû connaître cet état et y rester bloqué un petit moment. Je trouvais ses paroles dures à entendre… mais elles étaient justes. Il avait raison, la peur du jugement me collait à la peau et je ne ferais jamais rien de bon en la laissant dicter mon écriture.

C'était l'évidence. J'allais écrire le voyage, comme j'aurais dû le faire il y avait des mois, en le racontant dans tous ses mystères et sa complexité. J'allais l'écrire avec les trous, les voix dans la tête, la dépression, la solitude, le manque et l'incompréhension. J'allais réécrire le *Livre des rêves* en y ajoutant son avant et son après. J'allais écrire le tout sans logique, avec l'intuition comme seul guide. J'allais raconter le voyage de l'hypersensible, de l'empathe intuitive, de la pleurnicheuse qui se guérit grâce aux larmes, pour qu'il puisse servir à d'autres gros cœurs. Mais, avant toute chose, je décidai de lui rendre la pareille.

– Et toi alors, que vas-tu faire ? Une retraite à quarante ans, c'est un peu prématuré, non ? Tu es plein de belles paroles et de bons conseils… mais vas-tu te les appliquer ? Peut-être est-il temps d'arrêter de t'apitoyer sur ton sort et de te cacher du monde entier ?

Il avait usé de force et de familiarité avec moi, alors je voulais ma remarque bienveillante et piquante à la fois. Je ne savais pas bien quelle allait être sa réaction tant il avait ce côté imprévisible et impulsif, mais il me répondit avec ses yeux rieurs :

– Écris le voyage, donne-moi tes chapitres à lire, et on en reparle, O.K. ?

Chapitre 82. Le *Livre des rêves*

Mon écriture était difficile, décousue, saccadée. Plein de petits chapitres les uns à la suite des autres, qui parfois n'allaient pas ensemble, mais je sentais qu'il fallait laisser à ma plume ce plein pouvoir. C'était ça, l'écriture, après tout : ce lâcher-prise. Ce manque de contrôle. Ce moment où l'on commence une phrase sans savoir comment elle se terminera avant de l'avoir terminée. C'était ça, pour moi, la magie de l'écriture. C'était le monde des possibles.

J'avais bien conscience que pratiquement tous les auteurs que je connaissais construisaient un plan bien ficelé avant de s'attaquer à l'écriture d'un roman et que je faisais tout le contraire. Je me laissais délibérément emporter par l'histoire imprévisible. Peut-être qu'elle ne me mènerait nulle part, mais tous les jours, je revenais aux mots, comme je l'avais fait la première fois. La différence, et ce qui changea absolument tout, c'était que j'écrivais ce que je voulais écrire, sans me soucier des autres, du devoir et du jugement. J'avais appris à tendre l'oreille et à écouter en moi. Je laissais venir les mots. J'avais appris à faire face à la peur et au doute, plutôt que de les laisser dans un placard qui ne fermait pas bien. Ils étaient toujours là, mais en les sortant du placard dans lequel je les avais cachés, j'avais aussi retiré leurs pouvoirs, comme quand on sort le grand méchant monstre de sous le lit et que l'on se rend compte qu'il n'est qu'une peluche inanimée et impuissante.

Certains chapitres s'écrivaient en une heure, d'autres me prenaient des jours. Il y eut des moments de printemps et d'été où les mots mangeaient les lignes très rapidement, d'automne où les mots s'accrochaient entre eux d'une façon étrange, puis d'hiver où le gel les immobilisait sur la page… Mais les cycles étaient rapides et, en persistant quelques mois, le livre que j'intitulai le *Livre des rêves* était né.

Noah était resté à mes côtés durant tout ce temps. Il passait me voir tous les jours pour un café, un verre, un repas, une conversation, une confidence. Nous avions construit une amitié, mais il y avait aussi autre chose. Je savais que je lui plaisais, je le voyais dans ses yeux, même si je ne savais pas pourquoi. Je n'avais rien fait pour qu'il me regarde, je m'étais montrée à nu, sans aucun apparat.

Avec l'écriture étaient revenus le plaisir et la jolie joie. Au fil des jours, je retrouvais cette envie, cette gaieté de pinson, la joie de me lever le matin et de retrouver mes mots. J'aimais regarder Neige par la fenêtre, toujours postée sur son gros chêne nu. J'aimais me promener dans la forêt, même lorsque la neige tombait. J'aimais la beauté des choses simples. J'aimais la vie qui était à nouveau en moi.

Chapitre 83. Les derniers maux

Les derniers mots coïncidèrent avec la fin de l'hiver. Enfin, je remis mes chapitres à Noah. Je n'avais pas voulu lui faire lire quoi que ce soit avant que l'histoire ne soit écrite au complet, afin de ne pas polluer mon écriture d'un avis. J'avais imprimé les chapitres sur un papier recyclé doux au toucher, pour qu'il ressemble à mon *Livre des rêves*. Il le lut d'une traite, allongé sur l'un des canapés Chesterfield. Je guettais la moindre expression sur son visage et attendis patiemment le moment où il arriverait au chapitre de Sarah.

J'avais gardé sous silence mes rêves avec la petite Sarah. Je ne lui en avais jamais parlé, car je n'avais trouvé ni la voix, ni le bon moment et je me disais qu'il lui serait plus facile de le lire dans un livre où elle ferait partie d'un tout. Quand bien même, je ne savais pas quelle allait être sa réaction. Je voyais encore le deuil marqué sur son visage et il était clair qu'il n'avait pas fait la paix avec la mort. Il lui en voulait. Il gardait cette rancune en lui, la laissait le ronger de l'intérieur, lui interdisant d'accéder au bonheur.

Quand il arriva au chapitre, je vis l'air sombre s'emparer de lui et de grosses larmes coulèrent le long de ses joues. C'étaient des larmes de guérison. Des larmes qui venaient de l'au-delà. Au-delà des frontières de la mort. Au-delà des frontières du temps. Au-delà de l'impossible. Dans ses yeux brillants, je vis aussi une lueur.

Cette lumière dans la part sombre qui habitait en chacun de nous, même dans les moments les plus vides.

Par la fenêtre, je vis la petite Sarah courir à grandes enjambées sur la belle pelouse de printemps. Elle ne m'était pourtant jamais apparue hors des rêves. Peut-être que les mots lui avaient rendu sa forme physique pour un instant. Noah se leva, saisit ma main et me tira à lui. Il me serra fort, laissant couler de grosses larmes dans mon cou. Puis il leva les yeux vers la pelouse et il me sembla qu'il pouvait aussi la voir. J'avais longtemps cherché le message caché, mais la petite Sarah ne m'avait jamais dévoilé de terrible secret, comme je pensais au début qu'elle allait le faire. Je compris qu'elle avait simplement voulu m'amener à lui, pour qu'ensemble nous nous redonnions vie. À cet instant, les mots du chaman, de Janis, de mon grand-père et de tous les prophètes de ce monde résonnèrent en une vibration intérieure qui parcourut tout mon corps : « Le message est simple, il est toujours le même : l'amour, l'amour miracle. »

D'une toute petite voix, je lui chuchotai à l'oreille :

– Tu sais, je ne suis sûre de rien, sauf d'une chose : ce que les morts vivent, c'est encore de la vie.

Épilogue

Topanga, État de Californie,

quelque part dans le temps

J'avais toujours aimé le bleu de l'océan Pacifique. Depuis mon perchoir, niché sur les hauteurs du canyon de Topanga, je le voyais au loin et je l'imaginais faire puis défaire ses épais rouleaux. Un cycle sans fin, hors du temps.

Nous étions installés à Topanga, juste à côté de Los Angeles, depuis quelques semaines seulement, mais j'avais tout de suite eu une connexion particulière à cette terre où l'été était infini, comme si je la connaissais depuis des siècles. Mon âme était déjà passée par là, je le sentais.

Noah avait souhaité réaliser un film pour raconter mon voyage, et je l'avais laissé faire. Le *Livre des rêves* m'avait emmenée au paradis des écrivains et je ne souhaitais qu'une chose, qu'il permette aussi à Noah de retrouver la création. Il avait produit le film et, avec sa nouvelle passion, il avait retrouvé le bonheur de vivre.

Les mots, transposés à l'écran, étaient restés fidèles à mon récit. Mon grand-père était joué par un acteur rempli d'humour, un vieux loup moqueur qui avait roulé sa bosse. Je restais en contact avec Fleur, qui était venue nous rendre visite à la sortie du film, dans lequel elle figurait également. L'actrice qui jouait Janis avait sa crinière de lionne, ses yeux de mille ans et cette ambivalence de poupon rock and roll que j'aimais tant. Elle était ce personnage qui appelait tout le monde « *love* », tout droit sortie d'un album de blues rock. Carl avait pris place à l'écran dans un petit rôle certes insignifiant, mais qui était tout de même plus développé que dans le livre. Noah avait souhaité faire vivre à mon personnage hollywoodien une aventure de quelques soirs avec le beau suédois aux yeux gris, afin de donner du piquant à l'image. « Du sexe, Lily, il faut toujours un peu de sexe dans le cinéma », m'avait-il dit. Dans la vraie vie, je ne savais pas ce que Carl était devenu, mais je l'imaginais vivre encore à Manhattan, marié à la fille russe que j'avais vue en photo quelques années auparavant. Jake, le portier, était joué par un athlète de football américain un peu connu. Il avait pris un rôle de confident et, grâce à cela, avait obtenu beaucoup plus de place dans le film que dans le livre. Le petit chef était une satire interprétée par un acteur vieux jeu et bedonnant à l'image du monde d'avant.

Je regrettais que mon père, autant dans le livre que dans le film, ne soit qu'une photo qui ne montrait que ses moments sombres, alors qu'il avait aussi tant de courage, de beauté, de côtés charmants, d'humour et de passion pour la vie. Étonnamment, ma mère et ma grand-mère ne prirent que peu de place dans le récit, alors qu'elles étaient si importantes dans le quotidien du réel. Quant à M., il avait disparu du scénario. Il resterait cet inexplicable inconnu sans nom et sans visage. Un souvenir. Cependant, je ne pus m'empêcher de lui envoyer le livre, un geste qui me permit de lui dire une dernière fois : « Tu as tant compté. »

Moi… j'étais représentée par une actrice des pays de l'est avec laquelle j'avais une vague ressemblance. Dans le livre comme à l'écran, j'avais gardé mon cœur éléphant, rempli de rêves et d'espoir.

Noah était resté Noah Maclan, joué par Noah Maclan. Il m'avait donné un petit rôle dans le film, celui de l'étrange libraire parisienne à l'énorme chevelure frisée et aux gigantesques hublots, ce qui m'avait beaucoup amusée. Je réalisais ainsi deux de mes rêves d'enfant, être libraire et être actrice, en un seul jour. Même s'ils ne se matérialisaient pas exactement sous la forme à laquelle Lily s'attendait vingt-huit ans plus tôt, les rêves avaient réveillé mon petit bout d'âme et valaient toutes les mésaventures et la peine endurée.

À présent, les mots du *Livre des rêves*, écrits au passé, me rattrapaient. L'histoire prenait fin et, avec elle, les derniers maux s'envolaient. Les fantômes se faisaient moins présents. La route avait été longue et pesante, mais en rétrospective, elle n'avait pas été si laide que cela. Il y avait eu des moments sombres, comme il y en avait toujours, mais tellement de lumière aussi. Peut-être que, sur l'instant, je n'avais pas su saisir cette belle lumière et qu'il n'y avait qu'en la regardant depuis le futur que je la voyais si clairement. La lumière était magique, elle m'éblouissait.

Un rayon de soleil parcourait mon visage au rythme des voilages qui virevoltaient dans la pièce. Il me fit lever les yeux et quitter les mots. Dixie était avachie de tout son long face à la fenêtre. Elle se baignait dans les rayons lumineux. Mon grand-père était revenu me voir une dernière fois. Il prit place sur la liseuse à côté du bureau. C'était la fin du deuil. Je sus qu'il était temps, à présent, de le laisser s'envoler dans une autre vie. Sarah, quant à elle, venait encore souvent nous rendre visite. Elle était à terre, étalée sur le gros tapis moelleux, et dessinait un joli soleil. Noah la regardait depuis son fauteuil. Un sourire s'esquissa sur ses lèvres et ses yeux s'illuminèrent de jolie joie. Il serra ma main et y déposa un baiser d'oiseau. Il la voyait, oui, il la voyait.

Les rêves sont là pour nous faire avancer sur le chemin de l'âme. Ils ne se matérialisent pas toujours comme on s'y attend, mais toujours pour nous ouvrir le cœur un peu plus grand.

Extrait du *Livre des rêves*
d'Éloïse Forestel

Dépôt légal : avril 2022

Achevé d'imprimer sur les presses de la Nouvelle Imprimerie Laballery
en mars 2022
N° d'impression : 202467
La Nouvelle Imprimerie Laballery est titulaire du label Imprim'Vert.

Imprimé en France